ADWANAGOR
Weißkopfseeadler
ISOLDA
Ara-Papagei
ARON
Wanderfalke

Thomas Forat

Arvil, der kleine Falke

Das große Rennen

Alle Abenteuer von Arvil:

Band 1: Arvil, der kleine Falke –
Das große Rennen
Band 2: Arvil, der kleine Falke –
Die Europameisterschaft
Band 3: Arvil, der kleine Falke –
Die Weltmeisterschaft

Lernt Arvil und seine Freunde genauer kennen auf:
Antolin.de

Thomas Forat

ARVIL

DER KLEINE FALKE

Das große Rennen

Band 1

MAXIMUM

Hauptstraße 33
27299 Langwedel
www.maximum-verlag.de

1. Auflage 2024

Lektorat: Bernadette Lindebacher
Korrektorat: Angelika Wiedmaier
Satz/Layout: Alin Mattfeldt
Illustrationen: Thomas Forat
Umschlaggestaltung: Alin Mattfeldt
E-Book: Mirjam Hecht

Druck: CPI Books GmbH
Made in Germany
ISBN: 978-3-98679-019-6

Für meine Eltern und
meine Schwester

INHALT

1. KAPITEL

Der kleine Falke

Am Horizont stieg langsam ein roter Feuerball empor. Der Himmel leuchtete dabei wie ein Meer aus orangenen, gelben, roten und blauen Farbtönen. Die ersten Sonnenstrahlen streiften über die Baumkronen der Wälder, als ein Vogelschatten über die grüne Blätterdecke glitt. Dort oben flog Isolda, eine Papageiendame, die zur Art der roten Aras gehörte. Sie trug Beeren im Schnabel, die sie zu ihrem Nest in einer Felshöhle bringen wollte. Sie landete sanft und betrat ihre Höhle. In ihrer Mitte stand das Nest. Von einem Sonnenstrahl leicht erhellt, lag nur ein einziges, rot-braun geflecktes Ei darin. Daneben stand eine kleine Spitzmaus, die das Ei anstarrte, ohne zu blinzeln.

„Hallo, Serge, hat sich irgendetwas getan?“, fragte Isolda die Maus und klang dabei etwas aufgeregt.

Mit einem gelangweilten Blick antwortete Serge: „Nichts, gar nichts! Und du bist sicher, dass da etwas drin ist?“

In diesem Augenblick bewegte sich das Ei zum ersten Mal!

Serge zuckte zusammen und auch Isolda erschrak. Doch dann wurden ihre Augen immer größer, während Serge furchtsam auf das Ei blickte. Plötzlich knackte es und ein kleiner Riss zog sich quer über die Schale des Eis. Isolda krächzte einen Freudenschrei, wie es nur eine Papageienmama kann.

Das Ei schaukelte jetzt wild hin und her. Da landete plötzlich ein stolzer Wanderfalke in rasantem Tempo hinter Isolda und Serge. Es war Aron, der Mann von Isolda und Vater des Eies. Er hatte den Schrei seiner Frau gehört und wusste genau, was er zu bedeuten hatte. Nun standen alle drei erwartungsvoll vor dem Ei. Serge konnte es vor Aufregung kaum noch aushalten und streckte seine Pfote aus, um das Ei zu berühren. Da brach das Ei oben entzwei. Langsam hob sich die Schale und zwei Riesenkulleraugen schauten über den Rand des Eis. Ein blaues und ein braunes Auge waren zu sehen. Ganz schüchtern und zaghaft blinzelte das Küken in die Welt.

Isolda piepste mit liebevoller Stimme: „Na, trau dich ruhig! Komm doch raus zu uns.“

Mitten in diese besondere Stimmung hinein tönte plötzlich ein Pups. Und schon stank es ganz gewaltig! Serge war so aufgeregt gewesen, dass er laut pupsen musste. Die Riesenaugen blinzelten erschrocken und der Kopf des Kükens verschwand schnell wieder im Ei. Isolda und Aron schauten Serge streng an. „Entschuldigung!“, sagte Serge und wurde ganz rot vor Scham.

Mit einem Mal zersprang das ganze Ei und ein flauschiges weißes Küken mit bunten Federn schälte sich heraus. Es war ein außergewöhnlicher Vogel: halb Ara, halb Falke! Das Küken ließ seinen ersten Schrei hören und der war bereits so kräftig, dass er über den ganzen Wald hallte. Isolda, Aron und Serge waren überglücklich und stimmten in den Begrüßungsschrei mit ein.

Dann blickten sie wieder ganz verzaubert auf das hübsche Küken mit den bunten Federn an den Schwingen.

„Es ist ein Junge. Wie soll er heißen? Es muss ein starker Name sein, der Eindruck macht und trotzdem klingt wie eine Melodie …“, sprudelte es aus Isolda heraus. Aron unterbrach sie, wobei er zärtlich auf seinen Sohn blickte: „ARVIL soll er heißen. Ja, ARVIL! Das ist ein starker Name für einen Papageien-Falken, wie es ihn nur einmal gibt.“

Isolda nickte zufrieden und schob den Kleinen liebevoll unter ihr Gefieder. So sollte es sein! Nun waren sie also eine richtige Familie: eine Papageienmama, ein Wanderfalkenvater und ein Mischlingsküken. Ach ja, und Serge, die Spitzmaus. Denn die gehörte natürlich auch zur Familie, obwohl sie alles andere war als ein Vogel.

2. KAPITEL

Einige Wochen zuvor

Wie war Serge, die Spitzmaus, denn nun bitte in dieses Nest und zu diesen ungewöhnlichen Eltern gekommen?

Einige Wochen vor Arvils Geburt war Aron auf einem seiner täglichen Beuteflüge unterwegs gewesen. Er sammelte Nüsse und Beeren, was für einen Falken recht ungewöhnlich ist. Aber da seine Frau Isolda ein Ara-Papagei war und kein Fleisch fraß, war Aron mittlerweile auch zum Vegetarier geworden. Ach, was man alles aus Liebe tat!

In der Ferne, auf einer weiten Wiese, entdeckte er etwas mit seinen scharfen Falkenaugen. Er flog näher und sah eine kleine Spitzmaus, die mit Blumen spielte. Beobachtend, in weiter Höhe, umkreiste Aron die Maus. Langsam kam die Lust auf Fleisch zurück, doch er rang mit sich. Isolda wäre bestimmt enttäuscht von ihm und würde sich nicht über die Beute freuen. Er schaute sich um, doch nur die Maus und er waren weit und breit zu sehen.

Was Isolda nicht weiß …, dachte Aron und stürzte sich in die Tiefe. Die Spitzmaus ahnte nichts von der lauernden Gefahr am Himmel. Den Winzling im Visier, setzte Aron zum Sturzflug an und schoss mit angelegten Flügeln auf die Lichtung zu. Einige Meter vor seinem Ziel bremste er durch einen geschickten Flügelschlag ab und streckte seine Greifer mit den blitzenden Krallen aus.

Doch kurz bevor Aron zupacken konnte, machte es: „Pffft!“ Die Spitzmaus hatte gepupst und piepste nun ein erleichtertes „Aaah!“ Doch dem Ton folgte ein fürchterlicher Gestank.

Aron bekam einen Schwindelanfall, verlor die Kontrolle über seine Flügel und stürzte unsanft ab. Die Maus guckte verwundert hinter sich. Woher kam denn dieser riesige Falke jetzt plötzlich? Aron rappelte sich langsam auf und schüttelte sich, um seine Flügel und Federn wieder in die richtige Position zu bringen. Er schaute die Maus angewidert an. Wie konnte eine so winzige Maus so fürchterlich stinken? Das war ihm ein Rätsel. Was wohl seine Frau davon hielt? Kurzerhand packte er die Maus mit seinen Greifern und erhob sich wieder in die Lüfte.

Am Nest angekommen, legte er seine Beute ab und sagte zu Isolda: „Den habe ich gefunden! Er ist ganz süß, aber er riecht komisch."

Isolda blickte verwundert auf den kleinen Kerl hinunter. Die kleine Maus erwiderte den Blick mit ihren dunklen Knopfaugen, und sofort war es um Isolda geschehen. Sie hatte sich wie eine echte Mama in das Spitzmausbaby verliebt.

„Na, wer bist du denn? Wo sind denn deine Eltern?", fragte Isolda mit liebevoller Stimme. Die Maus verstand nichts, hörte aber ein freundliches Krächzen. Sie grinste wieder sehr süß nach oben. Isolda drehte sich zu Aron um.

„Hast du niemanden gesehen? Seine Eltern?“, fragte sie Aron. Aron schüttelte nur verneinend seinen Kopf. Isolda überlegte kurz. Sie spürte, dass sie sich um dieses verlassene Mausebaby kümmern musste.

„Gut, dann bleibt er erst mal bei uns“, entschied sie deshalb. „Ganz allein da draußen ist es zu gefährlich für ihn. Ich glaube aber, dass er uns nicht versteht“, grübelte sie. „Nun gut, dann geben wir dir erst mal einen Namen“, sagte Isolda.

„Wie wäre es mit Serge?“, fragte Aron. „Das ist Französisch und bedeutet ‚schnelle Maus‘, glaube ich.“

Isolda fand den Namen sehr passend. Ab diesem Tag war Serge wohl die einzige Spitzmaus, die gemeinsam mit einer Vogelfamilie in ihrer Felsenhöhle wohnte.

3. KAPITEL

Nach Arvils Geburt

Seit Arvils Geburt waren mittlerweile einige Wochen vergangen. Arvil war schnell größer und stärker geworden … und seine Schwingen noch bunter. Er und sein großer Stiefbruder Serge genossen das Leben und hatten sehr viel Spaß zusammen. Alle Tiere kannten das ungewöhnliche Brüderpaar inzwischen, denn sie hielten mit ihren Streichen den ganzen Wald auf Trab. Wer hätte dieses ungewöhnliche Duo denn schon übersehen können? Eine winzige, aber selbstbewusste Spitzmaus und ein junger Falke, der ein halber Papagei war! Arvil konnte noch nicht richtig fliegen, daher hüpften und rannten die beiden den ganzen Tag herum. Doch heute sollte ein ganz besonderer Tag werden. Die erste Flugstunde stand bevor! Arvil war schon richtig aufgeregt und hüpfte nervös vor der Höhle auf und ab. Endlich trat Isolda aus der Höhle und stellte sich neben Serge und ihn.

„Was ist denn bitte so spannend am Fliegen?“, beschwerte sich Serge, der als Spitzmaus natürlich heute keinen Flugunterricht bekommen würde. Insgeheim war er schon ein kleines bisschen neidisch, dass ihm niemals ein Gefieder wachsen würde. Und er hatte auch ein wenig Angst, dass jetzt alles anders werden könnte.

Isolda hatte Verständnis für seine Gefühle, wollte Serge aber unbedingt erklären, warum das Fliegen so schön war: „Das erste Mal Fliegen ist für uns Vögel etwas ganz Besonderes. Die ersten Flügelschläge und das erste Mal, wenn du langsam vom Boden abhebst – das ist unvergleichlich! Es ist ein wunderbares Gefühl von Freiheit, wenn du dich aus eigener Kraft in den Himmel schwingst und beim Fliegen den Wind in deinem Gesicht spürst.“

Arvil merkte, dass diese Worte Serge traurig stimmten und er versuchte, seine Mutter abzulenken: „Mama, sollen wir los? Und wo ist Papa? Er kommt doch mit, oder?“

Isolda blickte betrübt zu Boden und konnte ihrem Sohn kaum in die Augen schauen, als sie antwortete: „Papa ist heute sehr früh losgeflogen.

Er sagt, dass die Morgenstunden die besten sind, um Nahrung zu suchen."

Nun war Arvil so richtig enttäuscht: Sein Vater kam nicht mit zu seinem großen Tag? Isolda brach es das Herz, Arvil so traurig zu sehen. Aron hatte seine Gründe, warum er sie nicht begleiten wollte. Aber er hatte Isolda gebeten, Arvil nichts davon zu sagen – noch nicht. Vielleicht würde sich Aron bald ein Herz fassen. Nun aber musste sie Arvil dazu ermutigen, seinen ersten Flugunterricht mit ihr zu starten. Sie blickte hilfesuchend zu Serge und der verstand. Er würde Arvil aufmuntern, das wäre doch gelacht! Energisch erhob er sich und kroch unter den Flügel, unter dem Arvil gerade sein Gesicht versteckte. Er stemmte mit aller Kraft die Federn beiseite und baute sich dann lässig vor seinem Bruder auf. Mit vor der Brust verschränkten Armen rief er: „Hey, was ist denn jetzt? Ich denke, du willst der schnellste Vogel weit und breit werden? Na dann mal los, wir haben dafür ja nicht ewig Zeit!" Er grinste breit und hoffte darauf, dass sein Plan aufging. Arvil schaute seinen großen kleinen Mausebruder an, wie er da stolz wie ein General stand, und musste tatsächlich ein bisschen schmunzeln. Er schüttelte sich kräftig und schüttelte damit auch seine Sorgen ab.

„Du hast recht! Ich habe schließlich die beste Fluglehrerin, die ich mir wünschen kann“, rief er. Isolda lächelte überrascht und blickte dankbar in Serges Richtung.

„Los geht's!“, trillerte Arvil und spreizte seine Flügel.

„Na dann, los geht's!“, sagte nun auch Isolda mit einem Schmunzeln. Beide sprangen nun auf Isoldas Rücken und sie hob ab. Die drei flogen über Wälder, Flüsse und Wiesen hinweg. Serge und Arvil genossen den Flug. Dann tauchte Isolda plötzlich ab und landete auf einer kleinen Lichtung, die den Blick auf einen riesigen Berg freigab. Eine unendlich hohe, graue Wand erhob sich vor ihnen. Schaute man an ihr empor, konnte man nicht einmal den Gipfel des Berges in den Wolken erkennen. Arvil und Serge waren sichtlich beeindruckt.

„Und da soll Arvil jetzt hoch?“, fragte Serge bestürzt.

„Nein“, antwortete Isolda.

„Also soll er da runter?“, fragte Serge wieder.

„Nein, auch das nicht“, antwortete Isolda.

Serge wunderte sich und schaute wieder an dem mächtigen Berg nach oben.

„Und was machen wir dann hier?", fragte Serge, jetzt schon ein bisschen genervt.

„Hier lernen alle Vögel des Waldes das Fliegen. Das ist eine Tradition", antwortete Isolda.

„Aha, aber Tradition heißt, wir hätten auch zu Hause üben können?!", sagte Serge und wunderte sich einmal mehr über seine Vogelmama.

Als Isolda gerade antworten wollte, unterbrach Arvil die beiden: „Herrje, können wir nun endlich mal anfangen?" Er konnte es kaum noch erwarten. „Jetzt sind wir schon mal hier, dann will ich auch üben!", rief er aufgeregt.

Serge schnappte sich zwei Äste mit Blättern und sprang auf einen Stein. „Guck, ich kann's schon!", alberte er, während er wilde Flugbewegungen mit den Ästen machte.

Isolda und Arvil schüttelten lachend den Kopf. Und endlich fing Isolda an, ihrem Sohn die ersten Flugübungen zu zeigen.

Wochen vergingen. Viele Stunden Liegestütze, Flugübungen, Ausweichtraining, Slalomflug und mehr lagen hinter Arvil.

Der war mittlerweile sehr sportlich, ganz im Gegenteil zu Serge, der die meiste Zeit nur herumsaß und mit Leidenschaft Beeren und Nüsse naschte. Arvil neckte ihn oft und schoss pfeilschnell an Serge vorbei, wenn er sich gerade wieder etwas in den Mund schieben wollte. Serge fand das nicht so witzig. Er verschluckte sich manchmal vor Schreck und hustete dann furchtbar. Arvils Geschwindigkeit übertraf mittlerweile die seiner Mutter. Und damit fing das Problem an: Arvil war im Flugtraining seiner Mutter völlig unterfordert. Er verstand immer noch nicht, warum sein Vater ihn nicht trainierte. Der war ja schließlich selbst ein Falke und mindestens so schnell wie Arvil! Dass sein Vater sich so gar nicht für ihn interessierte, stimmte ihn oft sehr traurig und machte ihn wütend. Isolda kam mit ihrem pfeilschnellen Sohn an ihre Grenzen – sie war nun mal ein Papagei und kein Falke! Seufzend schüttelte sie oft den Kopf über ihren sturen Mann, ließ sich aber beim Training nichts anmerken.

„Arvil, versuch nach dem Slalom an Höhe zu gewinnen. Dann schaffst du die Kurve vor der nächsten Runde besser“, forderte Isolda. „Und jetzt noch mal!“ Arvil war sichtlich genervt und antwortete seiner Mutter patzig: „Mama, das habe ich schon tausendmal gemacht. Ich weiß, wie das geht und langsam wird es langweilig!“ Aber er wusste, dass er sich im Ton vergriffen hatte, als er den Satz ausgesprochen hatte. „Entschuldigung, Mami!“, sagte er reumütig.

Plötzlich raschelte es im Hintergrund und ein tiefes, männliches Lachen war zu hören. Die drei erschraken und schauten sich panisch um.

„Wie der Vater, so der Sohn. Ungeduldig und voller Energie!“ Aus dem Schatten trat eine imposante Gestalt mit einem mächtigen Schnabel hervor.

Arvil und Serge bekamen es mit der Angst zu tun und liefen zu Isolda, um sich hinter ihr zu verstecken. Isolda bekam auch einen Schreck, doch als die Gestalt mehr und mehr ins Licht trat, erkannte sie den dunklen Riesen. Es war der alte Weißkopfseeadler Adwanagor. Sie atmete auf und schmunzelte.

„Isolda, lange ist es her!“, sprach Adwanagor mit seiner tiefen Stimme, die Serge eine Gänsehaut über seinen Mauserücken jagte.

Doch seine Mutter Isolda schien sich über das Treffen sehr zu freuen. Sie lächelte den Adler an und antwortete: „Adwanagor, ja, es ist viel zu lange her!“

Arvil und Serge krochen langsam wieder hinter ihrer Mutter hervor und näherten sich Adwanagor vorsichtig.

„Mama, kennst du diesen Vogel?“, fragte Arvil verschüchtert. „Ja, mein Junge, das ist ein alter Freund deines Vaters“, erklärte sie ihm. Serges Angst wandelte sich angesichts der entspannten Lage plötzlich in Größenwahn und er baute sich mit breiter Brust vor dem Fremden auf. „Du kannst von Glück sagen, dass du unsere Mutter kennst. Sonst hätte ich es dir schon gezeigt“, fiepte der kleine Serge den mächtigen Adler an.

Adwanagor schlug einmal kräftig mit seinen mächtigen Schwingen, was Serge schon fast von den Füßen fegte, und beugte sich mit strengen Augen zu Serge hinunter.

„Oh, da ist aber einer mutig!“, antwortete er mit dunkler Stimme, während er mit seinem scharfen Schnabel gefährlich nah an Serges Gesicht heranrückte. Serge zuckte zusammen und verschwand wieder hinter seiner Mutter. Dort blieb er und zitterte wie Espenlaub.

„Keine Angst, Serge. Adwanagor macht nur Spaß!“, erwiderte Isolda mit einem Schmunzeln und legte beruhigend einen Flügel auf Serges Rücken.

Adwanagor musterte Arvil genau. Interessante Mischung, etwas Falke und etwas Papagei, dachte er. Was das wohl für sein Flugtalent bedeutet? Dann wandte er sich wieder ab, um davonzufliegen.

„Du fliegst schon wieder?“, fragte Isolda.

„Ich war in der Gegend und wollte nur kurz Hallo sagen. Ich will euch nicht beim Unterricht stören, das gehört sich nicht. Wir werden uns bestimmt wieder öfter sehen, Isolda“, sprach Adwanagor mit tiefer Stimme, spannte seine riesigen Flügel aus und stieß sich vom Boden ab.

Schon im Flug, rief er Arvil noch etwas zu: „Hey, kleiner Falke, hab Geduld und hör auf deine Mutter!"

Arvil und Serge schauten dem mächtigen Adler immer noch mit großen Augen hinterher. Noch nie hatten sie einen so großen und anmutigen Vogel gesehen wie Adwanagor!

Isolda schien es jedoch plötzlich eilig zu haben, nach Hause zu kommen. „Lasst uns zurückfliegen, ich habe Hunger. Ach, und eines noch: Kein Wort über Adwanagor zu eurem Vater! Irgendwann werde ich euch erklären, warum. Aber jetzt müsst ihr mir vertrauen!"

Isolda blickte streng auf sie herab, bis beide eifrig mit den Köpfen nickten. So ernst hatten Arvil und Serge ihre Mutter noch nie gesehen. Schnell sprang Serge auf den Rücken seiner Mutter und sie flogen nach Hause.

4. KAPITEL

Der Sturkopf

Der Abend war mittlerweile angebrochen. Serge und Arvil schliefen nach dem aufregenden Tag tief und fest. Aron saß auf einer Kiefer vor der Höhle und blickte nachdenklich in die Nacht hinaus. Nachdem Isolda nach den Jungs geschaut hatte, flog sie hinüber zur Kiefer und setzte sich neben ihn. Beide schauten in die Ferne, als es aus Isolda herausbrach.

„Aron, so geht das nicht weiter! Du bist Arvils Vater und er braucht dich! Eigentlich musst du ihm das Fliegen beibringen und nicht ich."

Aron antwortete mit leiser Stimme: „Nicht so schnell, Isolda. Rede etwas langsamer und – warum muss ich? Es funktioniert doch alles. Ihr habt Spaß, und das Fliegen lernt er auch von dir!"

Isolda platzte der Kragen: „Aber ich bin doch kein Falke! Und dein Sohn fliegt wie ein Falke! Wie sein Vater, um genau zu sein … Und wenn wir schon bei unangenehmen Themen sind: Ich habe Adwanagor wiedergesehen!“

Aron zuckte zusammen und sein erschrockenes Gesicht wirkte, als hätte er gerade einen Geist gesehen.

„Adwanagor?“, platzte es aus ihm heraus.

„Ja, genau. Deswegen musst du mit deinem Sohn reden, denn er hat ihn auch kennengelernt. Die Zeit ist gekommen, um auch mit Adwanagor noch einmal über die Vergangenheit zu sprechen. Er trägt nicht die Schuld an dem, was damals passiert ist!“ Isolda hatte sich in Rage geredet und plusterte wütend ihr Gefieder auf.

Doch Aron war davon unbeeindruckt und warf sich stolz in die Brust: „Ich will nichts mehr mit ihm zu tun haben.“

„Durch deinen Sturkopf merkst du nicht mal, dass du deinen Sohn verlierst!“, rief Isolda wütend.

Sie stieß sich vom Ast ab und flog in die Höhle zurück. Aron blieb allein in der Dunkelheit zurück und schaute ihr traurig hinterher.

5. KAPITEL

Der Himmel gehört euch

Der Morgen brach an und die Sonne schickte ihre warmen Strahlen auch in die Felshöhle von Arvil und Serge. Beide waren sehr früh auf den Beinen gewesen und spielten nun vor der Höhle. Serge zappelte mit den Armen und versuchte zu fliegen. Arvil konnte sich vor Lachen über Serges alberne Versuche nicht halten. Sie hatten sichtlich Spaß, das sah auch Aron, der sie vom Eingang der Höhle aus nachdenklich beobachtete. Isolda kam nun auch dazu und betrachtete ihren Mann von der Seite. Sie spürte: Aron wollte mit seinem Sohn reden, nur bremste ihn irgendetwas. Mit einer aufmunternden Kopfbewegung wies sie in Arvils Richtung. „Nun trau dich schon!“, sagte sie mit einem Lächeln. Arvil kam fröhlich auf seine Eltern zugehüpft.

„Fliegen wir gleich los zum Training?“, fragte er.

Isolda warf einen Blick in Arons Richtung, denn sie hoffte, er würde antworten. Als der immer noch nichts von sich gab, wurde sie sauer.

„Arvil, ich muss dir etwas sagen: Es gibt kein Training mehr“, sagte Isolda und versuchte, ganz ruhig und freundlich zu sprechen.

Aron, Arvil und Serge sahen sie gleichermaßen verwundert an.

„Du weißt alles, was ich dir beibringen könnte. Und du fliegst ja jetzt schon besser als ich. Dein Training ist vorbei“, sagte Isolda mit einem Lächeln.

Arvil schaute vorsichtig zu seinem Vater. Er wünschte sich schon so lange, dass Aron mal mit ihm fliegen würde. Doch Aron blieb still und reagierte nicht auf die Blicke seines Sohnes und seiner Frau. Serge fand das alles etwas komisch und beobachtete die drei irritiert.

„Papa, stimmt das? Muss ich nicht mehr fliegen üben?“, fragte Arvil.

Aron schaute Isolda an und dann wieder Arvil. Er wusste, warum Isolda das getan hatte. Sie wollte, dass Aron mit seinem Sohn sprach. Doch er tat es nicht.

„Ja, deine Mutter hat recht“, antwortete er stattdessen leise. „Du weißt jetzt alles, was ein Vogel zum Fliegen braucht. Und es gibt keine bessere Trainerin als deine Mutter." Mit einem Ruck wandte er sich um. „So, ich muss jetzt los. Wir haben fast keine Beeren und Nüsse mehr."

Er strubbelte über die Köpfe seiner beiden Jungs und stieß sich vom Höhlenrand ab, um davonzufliegen.

Isolda starrte ihm wortlos hinterher. Sie war schrecklich enttäuscht von Aron.

Arvil blickte stumm seine Mutter an, die traurig vor sich hin blickte. Doch auf Serge war Verlass. Er spürte, dass er nun als Stimmungsmaus gebraucht wurde.

„Los, Arvil! Das ist doch super! Wir sind frei, endlich frei … Wie ein Vogel, also zumindest ein Vogel wie du", lachte Serge und sprang auf seinen Rücken.

Arvil wurde aus seiner Traurigkeit gerissen und lächelte ein bisschen.

„Auf geht's!", schrie Serge aufgedreht.

„Aber passt bloß au…", hörten sie Isolda noch rufen, doch da waren sie schon in der Luft.

Arvil schwang sich motiviert in die Luft, stellte allerdings erstaunt fest, dass Serge nicht gerade ein Leichtgewicht war.

Isolda schaute ihren Söhnen mit einem Lächeln hinterher. Sie genoss es, Arvil so fröhlich und frei zu sehen.

Ihr Abflug wurde von Aron aus der Ferne beobachtet. Er machte sich Vorwürfe, aber er hatte einfach nicht mit seinem Sohn sprechen können. „Die Vergangenheit sollte vergangen bleiben“, murmelte er und stieg dann ebenfalls in die Lüfte.

Arvil flog derweil wie im Rausch immer höher und höher. Serge bekam es langsam mit der Angst zu tun und rief mit zitternder Stimme: „Arvil, nicht so hoooch! Und lass mich bloooß nicht fallen! Hörst du?“

Arvil rollte mit den Augen und machte sich lustig über ihn: „Mach dir nicht ins Hemd, Serge. Ich lass dich schon nicht fallen!“

Lautlos glitten sie der Sonne entgegen. Serge genoss die Aussicht, als sie über einen Fluss flogen, der sich glitzernd durch die Landschaft schlängelte. Er schloss die Augen und beide spürten den Wind in ihren Gesichtern. Doch da wurden sie unsanft durch ein Kreischen aus ihren Träumen gerissen: „Aus dem Weeeg!“, ertönte es hinter den beiden.

Sie erschraken und rissen ihre Augen auf. Sie waren in einen Schwarm geraten. Rechts, links, über ihnen und unter ihnen schossen verschiedene Vögel mit einer immensen Geschwindigkeit an ihnen vorbei. Durch den Schock geriet Arvil ins Straucheln und ließ Serge fallen.

„Arvil, HILFEEE …“, schrie Serge, als er in die Tiefe stürzte.

Arvil schüttelte den Kopf, schaute den anderen Vögeln hinterher und dann … sah er Serge in den Abgrund fallen! Er erschrak wie noch nie in seinem Leben. Sofort legte er seine Flügel an und folgte Serge im Sturzflug. Serge schrie, dass man es einen Kilometer weit hören konnte. Arvil presste seine Flügel noch enger an den Körper und raste auf Serge zu.

Kurz bevor Serge auf dem Boden aufschlug, packte Arvil zu. Er spreizte seine Flügel, um abzubremsen und nicht wie ein Stein auf dem Boden aufzuschlagen. Doch trotzdem war die Landung alles andere als sanft. Sie überschlugen sich mehrmals und kamen schließlich in einer Staubwolke zum Liegen. Serge hustete wild, öffnete seine Augen, schaute umher, rannte in alle Himmelsrichtungen und faselte wirres Zeug. Offensichtlich hatte er einen Schock.

„Ich lebe, hahaha, oder bin ich im Himmel? Nein, ich lebe! Juhu, ich lebe! Juhuhu! Was für ein schöner Boden! Was für ein toller Baum, hallo Baum! Und hallo Pfote! Ich habe noch alle Pfötchen, Vorderpfoten, Hinterpfoten …“ Serge zählte völlig begeistert mehrmals seine Pfoten und drehte sich dabei wie ein Kreisel.

Arvil atmete tief durch und schlug Serge dann mit seinem rechten Flügel kräftig auf den Kopf. „Beruhige dich, Bruder! Es ist nichts passiert!“, stöhnte er genervt.

„Nichts passiert? Du findest, vom Himmel zu fallen, ist NICHTS PASSIERT?! Du hast mich fallen gelassen und ich bin deshalb fast gestorben!“, schrie Serge aufgebracht seinen Falkenbruder an.

„Es ist aber nichts passiert, denn du bist offensichtlich noch am Leben. Also beruhige dich wieder“, erwiderte Arvil. „Viel wichtiger: Was war das gerade? Wo kamen diese Vögel plötzlich alle her und wo sind sie hingeflogen?“

Serge stand wild fuchtelnd vor Arvil, der gedankenverloren dem Vogelschwarm nachblickte.

„Ich fliege nicht einen Meter mehr mit dir. Ich bin doch nicht lebensmüde!“, rief Serge wütend.

Arvil grinste breit und machte sich für den Start bereit. „Gut, dann bleib halt hier. Aber ich muss wissen, wo sie hinfliegen“, sagte er.

Serge schaute sich orientierungslos um. Er war mitten im Wald und erkannte, dass er ohne Arvil aufgeschmissen war.

„Eeehm, ja, dann lass uns mal schauen, wo die alle hingeflogen sind“, sagte er kleinlaut und sprang auf Arvils Rücken.

Kaum war Serge auf seinen Rücken geklettert, startete Arvil und eilte den anderen Vögeln hinterher.

6. KAPITEL

Der große Felsen

Arvil sah in der Ferne, dass diese Vögel genau zu dem Berg flogen, wo er in den letzten Wochen das Fliegen gelernt hatte. Pfeilschnell schoss er hinter dem Schwarm her. Doch als er am Berg ankam, war von den Vögeln nichts mehr zu sehen. Serge und er schauten nach oben. „Wir müssen da hoch!“, rief Arvil und Serge nickte. Doch sie hatten ein mulmiges Gefühl bei ihrer Idee. Wieder war das Ende des Berges nicht zu sehen. Eine riesige graue Wand, die in den Himmel ragte, glatt und ohne eine Möglichkeit, beim Aufstieg eine Zwischenlandung einzulegen, erhob sich vor ihnen. Doch Arvil wollte sich durch diesen grauen Klotz nicht stoppen lassen. Er flog noch einmal eine Schleife, um Anlauf zu nehmen, dann holte er tief Luft.

„Festhalten! Es geht auuufwärts!“

Serge machte sich noch kleiner und grub seine Krallen ganz tief in Arvils Gefieder. Die Felswand entlang, stieg Arvil immer weiter auf. Er war noch nie zuvor so hoch aufgestiegen, geschweige denn mit einem Passagier! Aber er wusste, dass er es schaffen konnte. Die Vögel vor ihm mussten schließlich auch hier lang geflogen sein – direkt nach oben, über den Gipfel dieses Berges! Doch gefühlt kannte dieser graue Klotz kein Ende und Arvil kämpfte mit aller Kraft, die er in den Flügeln hatte. Er schlug mit seinen Schwingen so fest er konnte, auch wenn es sich anfühlte, als würde er nur noch damit wedeln. Die Schweißperlen liefen ihm inzwischen am Schnabel herunter. Vorsichtig schaute Serge nach unten, doch als ihm schwindelig wurde, krallte er sich noch fester.

Serge spürte, dass seinen Bruder die Kräfte verließen und er feuerte ihn mit aller Kraft an: „LOOOS, weiter! Gleich haben wir es geschafft! Gib bloß nicht auf!“ Welche Ängste ihn plagten, falls Arvil es nicht schaffen sollte, behielt er lieber für sich.

Die Gipfelkante kam immer näher, jedoch ließen die Kräfte von Arvil auch immer mehr nach. Kurz bevor er über die scharfe letzte Kante vor dem Gipfel fliegen konnte, machte Arvil schlapp und kam ins Trudeln. Serge aber sah die Kante schon vor sich und nahm all seinen Mut zusammen. Er löste sich aus dem Gefieder, rannte über Arvils Rücken und sprang auf den Felsvorsprung. Arvil flatterte mit letzter Kraft, doch kam er nicht bis nach oben. Da reichte Serge ihm seine Pfote. Arvil schaute und ergriff sie. Der kleine Mäuserich war bärenstark und zog wie ein Verrückter. Er hing bäuchlings über der Bergkante und wusste: Er musste Arvil um jeden Preis retten!

Serge schrie in Panik: „Arvil! Reiß dich zusammen! Ich zieh dich rauf!“

Arvil schaute zu Serge hoch und ächzte mit letzter Kraft: „Lass mich bloß nicht los!“

Vor Anstrengung quollen Serge fast die Augen aus dem Kopf. Er zog Arvil noch ein kleines Stückchen höher und so schaffte es der Falke, einen Fang über die Kante zu heben. Serge zog weiter mit all seiner Kraft und plötzlich flog Arvil mit einem „Plopp“ über die Kante und krachte dahinter auf den Rücken. Serge fiel erschöpft neben Arvil auf den Boden.

„Mann, bist du schwer!“, sprach Serge. „Sag du mir noch einmal, dass ich abnehmen soll.“

Arvil lag noch immer mit geschlossenen Augen auf dem Boden und hörte sein Herz rasen. Dann bäumten sich beide auf, schauten den Abhang hinunter und fielen mit noch mehr Herzrasen zurück auf den Rücken.

„Das war knapp!“, stöhnte Arvil. „Beim nächsten Mal, wenn dir so eine Superidee in den Kopf kommt, lass mich bitte zu Hause“, sagte Serge und fing an zu lachen. Nun musste auch Arvil lachen. „Gerade noch mal gut gegangen!“, seufzte er.

Doch plötzlich schreckte er auf, denn er hatte ein Geräusch gehört. „Serge, hörst du das?“, fragte Arvil.

Auch Serges feine Mauseohren hatten das Geräusch wahrgenommen: „Ja, ich höre es auch. Was ist das?“

„Keine Ahnung, lass uns nachsehen.“

Serge blickte zwiespältig in die Richtung des Geräuschs: „Ich hoffe, du weißt, was du tust“, antwortete er.

Arvil richtete sich auf und hüpfte in die Richtung des Geräusches. Er fühlte sich noch zu schwach, um wieder zu fliegen. Sein Bruder folgte ihm. Aber er musste sich beeilen, wenn er Arvil nicht aus den Augen verlieren wollte, denn den trieb die Neugier voran. Als Serge ihn einholte, stand Arvil geduckt hinter einem Busch und lauschte aufmerksam. Serge wollte gerade nachfragen, da hörte er plötzlich laute Jubelschreie. Arvil reckte sich, konnte aber nichts erkennen, und flog auf einen Baum, um besser sehen zu können. Serge kletterte direkt hinterher. Oben angekommen, sah Serge, dass Arvil völlig gebannt in eine Richtung blickte.

„Was ist denn da, Arvil?“, fragte Serge. Doch der antwortete nicht und starrte nur wie eingefroren in dieselbe Richtung.

Es hatte keinen Zweck, Serge musste sich selbst gute Sicht verschaffen. Er kletterte über Arvils gefiederten Rücken bis auf dessen Kopf – und traute seinen Augen nicht!

7. KAPITEL

Malou, das Eichhörnchen

Serge starrte auf ein riesiges Gelände. Er sah mehrstöckige Tribünen, die sich so gegenüberstanden, dass alle Zuschauer auf die Gasse in der Mitte blicken konnten. Auf den Tribünen befanden sich viele verschiedene Tiere, die lauthals jubelten, und über dem lauten Getöse lag eine noch lautere Stimme, die rief:

„Der Rabe Salaniel auf eins, dicht gefolgt von Taifun, der Elster. Piro, der Pirol, und Jules, die Möwe, auf der drei. Uh, Zusammenstoß zwischen Solar, der Fledermaus, und der Taube Jacob! Jacob scheint verletzt zu sein! Schade, er ist raus. Weit hinten folgt Cari, die Ente,

als Letzte – das war ja zu erwarten … Sie fliegt, als ob sie eine Kaffeetour mit Schnatterenten machen würde, hahaha! Meine Damen und Herren, wir kommen dem Steg der Menschen näher, es wird spannend … Wer schafft es, ohne Blessuren zwischen den Pfeilern des Stegs durchzufliegen? Oh, Solar wird vom Wasser geblendet und fliegt hinein! Tja, als Fledermaus sollte man auch das Tageslicht meiden, hahaha … Der Rest hat den Slalom gemeistert!"

Über den Tribünen schwebte ein Kolibri. Von diesem kleinen Vogel stammte die dröhnend laute Stimme, die durch den Wald hallte. Am Fuß der Tribünen befanden sich kleine Kabinen, die mit mehreren Tieren besetzt waren. Serge und Arvil entdeckten Füchse, Ziegen, Dachse, Rehe und Wildschweine. Auch einige Hasen, Eichhörnchen und vor allem viele Vögel waren dabei. Diese Tiere hatten, jeweils in ihren Kabinen, alle ein gleichfarbiges Hemd an. Sie jubelten hingegen nicht, sondern schauten in die Luft, als ob sie auf etwas warten würden.

An den Ecken standen Holzbuden, an denen Getränke und Futter verkauft wurden. Serge konnte es nicht fassen: Sie waren bei einem Flugrennen gelandet! Der helle Wahnsinn!

Eben diesen Gedanken musste auch Arvil gehabt haben, denn er wirkte genau wie Serge wie vom Blitz getroffen und seine Augen weiteten sich.

„Meine Damen und Herren, da kommen die Rennflieger! Salaniel noch immer auf der ersten Position, dicht gefolgt von Taifun und Piro. Jules ist mittlerweile weit abgeschlagen. Es sieht so aus, als ob Salaniel die Qualifikation wieder einmal gewinnen wird! Es bleibt spannend, denn nun muss ein Flieger den zweiten Platz für sich entscheiden. Eine Runde haben wir ja noch …“

Um besser sehen zu können, kletterten Arvil und Serge auf einen Felsen neben ihnen. Oben auf dem Felsen konnten sie das Renngelände überblicken und sie waren schwer beeindruckt von dem, was sie sahen. Plötzlich fiel ihnen auf, dass alle in ihre Richtung sahen. „Serge, meinen die uns?“, fragte Arvil mit nervösem Blick. Doch dann drehten sie sich langsam um und erkannten die Vögel, nach denen sie gesucht hatten. Sie schossen senkrecht über den Felshang und über die Baumwipfel hinauf in den Himmel, drehten sich dann in der Luft und flogen im Steilflug zurück in die Gasse zwischen den Zuschauern. Als sie über Arvil und Serge hinwegstoben, spürten sie einen Luftzug. „Woaaah, haben die eine tierische Geschwindigkeit drauf“, staunte Serge mit offenem Mund. Die Zuschauer jubelten lauthals und auch Arvil und Serge konnte ihre Blicke nicht von dem Spektakel wenden. Arvils Augen leuchteten: Diese Vögel flogen so gekonnt, wie er es auch gern getan hätte! Es sah grandios aus, wie sie zwischen den Zuschauerrängen hindurchschossen. Plötzlich ertönte eine sehr hohe Stimme zwischen den Blättern – und es war nicht der Kolibri.

„Na, ihr beiden da oben!“

Arvil und Serge erschraken. Diese Stimme schien von überall her zu kommen: mal von rechts, mal von links, mal von vorne zwischen den Blättern der Bäume.

„Wer ist da?“, staunte Arvil und schaute sich verwirrt um. „Komm raus!“

Serge dagegen zitterte wie Espenlaub. „Hör auf zu zittern, Serge, die Stimme klingt doch ganz freundlich“, sagte Arvil, während er weiter nach dem Besitzer der Stimme suchte.

„Ihr seid neu hier! Hab euch noch nie gesehen … Warum seid ihr hier oben?“, drang wieder die helle Stimme von irgendwo unter ihnen an Arvils Ohr.

Langsam war Arvil genervt und wurde wütend.

„Komm jetzt raus, sonst …“, zischte er und hüpfte wild umher auf der Suche nach dieser störenden Stimme. In diesem Augenblick sprang ein Eichhörnchen auf den Ast eines gegenüberstehenden Baums und grinste beide an. Mit langen Wimpern wurden Arvil und Serge angeblinzelt. Beide schauten erstaunt auf das zierliche Hörnchen.

„Es ist ein Weibchen“, flüsterte Serge.

„Ich bin ja nicht blind!“, erwiderte Arvil genauso leise.

„Wie heißt ihr … wo kommt ihr her … was macht ihr hier … warum hat er so eine spitze Nase …“, kam es von dem Eichhörnchen-Mädchen wie aus der Kanone geschossen.

Arvil fuhr ihr ins Wort: „Langsam, langsam, du redest so schnell! Da kommt man ja gar nicht mit!“

„Wen meint sie mit der spitzen Nase?“, murmelte Serge, schaute Arvils Schnabel an und schielte dann auf seine eigene Nase. „Puh, mich kann sie ja nicht meinen!“, sagte er dann und grinste zurück in Richtung des Eichhörnchens.

„Wer bist du eigentlich?“, fragte Arvil und schaute fordernd zu dem hektischen Hörnchen empor, das schon wieder von Ast zu Ast sprang.

Abrupt unterbrach es seine unsteten Bewegungen, um zu antworten.

„Malou! Malou heiß ich, hihihihi!“, lachte sie in ihre Pfote hinein. „Und wer seid ihr?“

An Serge ging diese Frage völlig vorbei, denn ganz seltsame, warme, aber wirre Gefühle durchströmten ihn plötzlich. Malou hatte die schönsten Augen, die er je gesehen hatte. Ihre langen Wimpern, das sanfte Braun ihrer Augen, ihr glänzendes Fell, ihre glockenhelle Stimme … Um Serge war es geschehen! Er hatte sich in dieser

Sekunde verknallt – auch wenn er gar nicht wusste, was das war und warum er sich bei Malous Anblick so seltsam leicht und glücklich fühlte. Er stellte sich auf seine Hinterbeinchen, schob den Bauch nach vorn, holte tief Luft und als er gerade stolz seinen Namen präsentieren wollte, klappte Arvil seine Flügel auseinander. Er traf Serge am Kopf, der daraufhin fast von dem Felsen gefallen wäre.

„Arvil heiße ich und bin ein Falke", sprach Arvil mit stolzer Stimme. Serge raffte sich auf, kroch unter Arvils Flügel hervor und stammelte: „Ich bin Serge … sein älterer Bruder."

Malou konnte sich das Lachen nicht verkneifen, als sie Serge so hilflos unter Arvils Flügel sah. Auch wunderte sie sich ein bisschen: Ein Falke mit bunten Federn und eine Maus, die einen bunten Falken zum Bruder hatte? Ein seltsames Paar, die beiden!

„Schöner Name, Serge!", sagte Malou deshalb erst einmal höflich. „Was macht ihr hier oben?"

Serge wurde rot und schaute auf den Boden, um dann seltsam vergnügt zu grinsen. Arvil blickte ihn an, schüttelte verwundert den Kopf und schloss seine Flügel wieder, bevor er antwortete:

„Wir sind zufällig hier. Wir sind vorhin von einigen Flugteilnehmern fast über den Haufen geflogen worden und wollten wissen, wo diese schnellen Vögel hinfliegen. Wir folgten den Stimmen und jetzt sind wir hier. Dieser Kolibri ist der Wahnsinn!" Arvils Augen leuchteten während seiner kurzen Rede.

Malou fing an zu lachen: „Ja ja, Zacharias hört man echt kilometerweit. Er ist der beste Kommentator, den das Flugrennen je hatte!"

Während sie schwärmte, strahlte sie übers ganze Gesicht, was ungewöhnliche Reaktionen bei Serge auslöste. Er lief knallrot an und versank in ihren haselnussbraunen Augen mit den langen Klimperwimpern. Sie war sooo schön!

Arvil dagegen versuchte, nicht als völliger Idiot dazustehen und legte ein wissendes Gesicht auf. „Ach ja, hab schon viel von ihm gehört."

Malou durchschaute sein Gehabe und grinste: „Ihr habt keine Ahnung, oder? Wart ihr überhaupt schon mal hier?"

Arvil bemerkte derweil, dass Serge Malou anstarrte und sich völlig peinlich verhielt. Er stupste ihn an, während er sagte: „Wir kommen nicht aus der Gegend, sondern von weiter her, stimmt's, Serge?"

Serge taumelte etwas und murmelte grinsend: „Ja, Mittelmeer! Da ist es schön, da würde ich gerne mal einen romantischen Urlaub machen … Wie kommst du jetzt darauf? Wusstet ihr, dass meine Tante väterlicherseits Spanierin … Was?"

Serge redete völlig wirres Zeug. Arvil und Malou warfen sich fragende Blicke zu. Um die Situation zu retten, fragte Arvil einfach weiter: „Und du kennst dich hier in der Rennszene wohl aus?!"

„Ich kenne alle hier. Wollt ihr mitkommen, runter zum Rennen?" Malou lachte sie an und zeigte auf das Getümmel.

„Dahin? Du meinst in die Fluggasse?", fragte Arvil ungläubig.

Serge hingegen schaute nur auf Malous Augen und träumte. Jedes Mal, wenn sie mit den Wimpern klimperte, folgte sein Kopf der Bewegung ihrer Augenlider. Hoch und runter. Hoch und runter. Er war wie benebelt von ihrem Anblick. Arvil blickte hinunter auf Serge, blickte wieder zu Malou, schaute noch mal auf Serge und schüttelte wieder den Kopf. Was war das? Serge war völlig weggetreten! Er gab ihm einen leichten Schlag auf den Hinterkopf und Serge kehrte langsam in die echte Welt zurück.

„Ja, ich würde doch sonst nicht fragen, oder? Es gibt eine kleine Lücke in dem Zaun hinter der Tribüne. Da können wir durch. Da gehe ich immer rein und keiner merkt es und man braucht nichts zu bezahlen. Ist das nicht toll?“, quasselte Malou.

„Jaaa, das ist toll, du bist toll, oh, wie toll“, erwiderte Serge mit diesem dämlichen Grinsen im Gesicht.

Arvil kam aus dem Staunen nicht mehr heraus. „Serge, hörst du jetzt bitte auf? Das ist ja nicht zum Aushalten! Was ist denn mit dir los?“, fragte er. „Ja, wir würden gerne mitkommen“, fügte er dann noch an.

„Okay, dann los! Wenn wir uns beeilen, bekommen wir noch die Qualifikation mit. Los, lasst uns gehen!“

Malou warf Serge noch ein Lächeln zu, bevor sie wie ein Blitz in den Baumkronen verschwand.

„Abflug, würde ich sagen, sonst kommen wir nicht hinterher“, bemerkte Arvil, während er Serge packte und sich in die Lüfte schwang.

Malou hangelte sich geschickt von Ast, bis sie schließlich auf dem Boden landete und kopfüber im Gebüsch daneben verschwand.

„Lass mich ruhig über dem Gebüsch runter. Ich hangle mich auf den Boden!“, rief Serge wie ein Agent. Gesagt, getan, Arvil ließ los und Serge plumpste ziemlich ungeschickt von Ast zu Ast. Er hatte eher etwas von einem Kartoffelsack als von einem Geheimagenten.

8. KAPITEL

Die Rollmaus

Serge purzelte aus dem Busch und kugelte sanft neben der grinsenden Malou aus.

„Dieses Absprungmanöver wird auch ‚Rollmaus' genannt", versuchte er sich an einem Scherz, aber man konnte sehen, dass er vor Scham rot anlief.

Malou ging zu Serge, reichte ihm die Pfote und fragte mit einem Augenaufschlag: „Kann ich dir helfen?"

Der Schmerz, den Serge verspürte, war vergessen, als er Malous Augen sah. „Jaaa", hauchte er, nahm andächtig ihre Pfote und stand auf.

Arvil verdrehte erneut seine Augen und fragte: „Können wir jetzt mal los? Sonst verpassen wir alles!"

Malou schaute Arvil an: „Ja, ich hoffe, ihr könnt mir folgen. Dann mal los!"

Und schon sauste sie von rechts nach links durch das Gestrüpp zu dem Loch im Zaun, von dem sie erzählt hatte. Arvil nahm die Herausforderung an und rief: „Keiner ist schneller als ich.“ Er breitete seine Flügel aus und folgte ihr. Derweil putzte Serge immer noch seinen Bauch vom Dreck frei. Doch als er sah, dass die anderen schon im Gebüsch verschwunden waren, schoss er ihnen mit durchdrehenden Reifen … äh, Hinterbeinen, hinterher. Er wollte sich vor Malou keine Blöße geben.

Malou war die Erste am Loch im Zaun, dann landete Arvil neben ihr.

„Wo bleibt denn Serge schon wieder?“, sagte Arvil.

Als er gerade den Satz ausgesprochen hatte, kam Serge angeschossen. Malou und Arvil erschraken und traten aus Reflex einen Schritt zur Seite. Serge sah den Zaun nicht und rannte ungebremst in das Loch hinein. Doch sein Bauch bremste ihn – nun saß Serge fest!

„Oh, wir sind schon da?“, stöhnte Serge.

Arvil und Malou konnten sich das Lachen nicht verkneifen.

„Na toll, Serge. Das hast du ja gut hinbekommen. Du siehst auch nichts, oder?“, sagte Arvil.

Serge antwortete japsend nach dem schnellen Lauf: „Der Zaun ist so dünn, den kann doch keiner sehen, bei meiner Geschwindigkeit.“

„Ja, genau. Malou, hilfst du mir mal?“, forderte Arvil Malou auf.

Beide nahmen ein wenig Anlauf und rannten gegen Serges Hinterteil. Es machte „Blopp“, Serges Augen sprangen auf und er landete wieder auf dem Bauch – aber auf der anderen Seite des Zauns. Arvil und Malou kletterten ebenfalls durch den Zaun und Arvil konnte nichts mehr halten. Sofort flog er voran.

Serge erinnerte Malou ein wenig an einen kleinen gestrandeten Wal. Sie reichte ihm die Pfote und lächelte: „Sollen wir auch mal los?“

„Hab nur auf dich gewartet“, antwortete Serge und die zwei folgten Arvil Richtung Fluggasse.

9. KAPITEL

Das Waldflugrennen

Arvil war völlig hingerissen von dem wilden Treiben. Die drei fielen überhaupt nicht auf, denn alle Angestellten in den Renngassen liefen kreuz und quer durcheinander. Die Chefmechaniker fuchtelten wild mit ihren Signalfahnen, während andere Getränke und Energieriegel reichten. Niemand bemerkte, dass die drei weder Ausweise um den Hals trugen noch in Teamfarben gekleidet waren. Arvil trippelte wie benebelt durch die Menge. Vorbei an Zuschauern, vorbei an den Teams der Rennvögel und vorbei an den Pressegeiern. Er kam aus dem Staunen nicht mehr heraus und achtete überhaupt nicht mehr auf Serge und Malou. Serge hingegen hatte nur Augen für Malou. Er war durch ihren Anblick wie verzaubert und folgte ihr wie ein Magnet. Sein Kopf bewegte sich zum Takt ihres langen, flauschigen Schwanzes.

Serge und Malou wichen den umherlaufenden Tieren aus, aber Arvil bekam von allem nichts mit: Er stand nur da und staunte. So bemerkte er auch nicht, dass alle Teams nun vorbereitet waren und erwartungsvoll in eine Richtung schauten. Malou jedoch sah das und drehte sich um. Sie wollte schauen, worauf die Teams so gespannt blickten. Und dann sah sie, was da kam! Die Rennvögel schossen über die Klippe und rasten mit einem Affentempo in Richtung Boxengasse!

Und genau da standen Malou, Serge und Arvil immer noch. Mitten in der Boxengasse, in welche die Rennvögel gerade fliegen wollten!

Sie stotterte viel zu leise: „D… d… wi… wir … müssen …“ Die Vögel rasten heran und endlich schrie Malou: „Serge … wir müssen weeeg!“

Serge drehte sich um, sah die heranfliegenden Vögel nur verschwommen, bekam einen Schock, riss seine Augen weit auf und schrie: „Arvil!“ Doch der bekam gar nichts mit. Im letzten Augenblick fasste Malou sich ein Herz und schubste beide aus der Einflugschneise auf die Seite – gerade noch rechtzeitig, bevor es zum Zusammenstoß kam.

Die Vögel flogen jeweils zu ihren Teams und ließen sich Getränke geben. Ihre Flügel wie auch das Flugequipment wurden noch einmal in Schuss gebracht.

Malou und Serge lagen neben der Strecke auf Arvil, der sie mit großen Augen anschaute. Trotz des Schocks ging nur ein Gedanke durch seinen Kopf, und er sprach ihn laut aus: „Ich will hier mitfliegen!“

Die beiden standen auf. „Mann, war das knapp“, stöhnte Malou. Erst dann reagierte sie auf Arvil: „Was willst du?“

„Ich will hier mitfliegen.“ Arvil stand ebenfalls auf und seine Augen leuchteten. Derweil waren alle Vögel nacheinander wieder aufgestiegen, außer Salaniel, der sich noch von seinem Gefolge Wasser bringen und die Schultern massieren ließ.

Serge schaute verdutzt: „Warum fliegt er nicht los? Die anderen sind doch schon weg!"

Malou antwortete: „Das ist Salaniel, der Rabe. Ein übler Kerl. Er hat seine spezielle Technik, immer die gleiche. Er fliegt so spät los, dass alle glauben, sie hätten ihn abgehängt und auf den letzten Metern zieht er an allen vorbei. Er ist seit zehn Jahren ungeschlagen und dementsprechend eingebildet. Jeder weiß, dass das nicht mit rechten Dingen zugehen kann. Seine Helfer manipulieren das Rennen. Sie stellen Fallen auf, sorgen für ungeklärte Abstürze. Ihr wisst schon, fiese Typen eben."

In dem Augenblick startete Salaniel zur Aufholjagd, die eigentlich keine war. Die Zuschauer rührten sich nicht, denn keiner mochte Salaniel, obwohl er ständig gewann.

Serge sprach seine Gedanken laut aus: „Und warum macht keiner was dagegen?"

„Weil jeder Angst vor seinen Helfern hat. Sogar das Rennkomitee hat Angst vor ihm und deswegen passiert nichts."

„Also hat nie einer probiert, ihn auszubremsen?", fragte Arvil.

„Doch, es gab mal einen, einen Ausnahmeflieger. Um Längen besser als Salaniel. Jedoch dachte er, dass er alleine gegen ihn ankommen würde und stellte sich gegen den Rat seines Trainers, vorsichtig zu fliegen. Daraufhin machte er einen großen Flugfehler und verletzte sich schwer. Danach sah man ihn nie wieder.“

Arvil hörte aufmerksam zu und fragte: „Wie hieß der Flieger?“

„Oje, das ist schon so lange her … Warte, gleich hab ich es. Er hieß … Sein Name war …“ Malou wurde durch die Ansage des Rennsprechers unterbrochen.

„Es ist so weit, die letzten Meter bis zum Ziel … Salaniel wieder vorne, obwohl er als Letzter gestartet ist. Na ja, war zu erwarten … Aber die Plätze dahinter gestalten sich mal wieder spannend! Das Feuer ist zu spüren – gleich sind sie im Ziel!“

Die Menge tobte und keiner saß mehr. Alle waren gespannt, wie wohl das Rennen um den zweiten Platz ausgehen würde.

„Lasst uns zum Ziel gehen, da ist immer viel los. Schnell, das dürfen wir nicht verpassen!“ Malou sauste aufgeregt los.

Arvil und Serge folgten Malou in Richtung Ziel, wo sich die Pressegeier und das Rennkomitee schon versammelten, um den Sieger zu küren.

10. KAPITEL

Salaniel und seine Schatten

Zacharias, der fliegende Reporter, war nicht mehr zu stoppen. Seine Stimme überschlug sich vor Aufregung. „Meine Damen und Herren, ich kann sie schon sehen! Die letzten Meter bis zum Ziel … Wer wird heute das Rennen machen?“, rief er. „Hinter Salaniel natürlich …“, fügte er noch leise hinzu.

Kaum ausgesprochen, schossen die Vögel in Richtung Ziellinie und die Menge feuerte sie an.

„An der Spitze, war ja klar: Salaniel, dicht gefolgt von Taifun. Doch wer ist auf der drei?! Ich glaube, es ist Cari, und dicht dahinter kann ich Piro erkennen … Jules, Jacob und Solar streiten sich um den fünften Platz. Doch wer macht das Rennen um den dritten? Noch wenige Meter … Oh, was passiert da? Taifun bremst plötzlich ab, Cari muss ausweichen und kommt ins Taumeln. O mein Gott, abgestürzt! Direkt in den Getränkestand! Das war es für Cari, die Ente. Piro nutzt die Gelegenheit und stößt vor auf die zwei … Sie sind im Ziel: Salaniel auf eins, auf zwei Piro, dicht gefolgt von Taifun. Jacob und Jules kommen fast gemeinsam ins Ziel auf der vier und der fünf. Solar mit Abstand auf der sechs. Cari richtet sich noch einmal auf und flattert sich auf die sieben. Ja, das war es mal wieder mit der Qualifikation zur Meisterschaftsentscheidung. Ich freue mich auf das Rennen! Seien auch Sie wieder dabei, wenn Ihr flatternder Reporter Zacharias das Renngeschehen kommentiert! Auf Wiedersehen!“ Das Sprachrohr rauschte noch einmal kurz, dann flog Zacharias in seine wohlverdiente Redepause.

Das Rennen war vorüber und man hätte eine ausgelassene Stimmung erwarten können. Doch die Laune war gedämpft, denn wieder einmal hatte Salaniel gewonnen und wieder einmal wussten alle, dass es dabei nicht mit rechten Dingen zugegangen war. Salaniel hingegen stand stolz auf dem Podest und ließ sich von seinen Anhängern feiern.

Malou, Serge und Arvil standen in der Nähe und beobachteten alles.

„Warum macht niemand vom Rennkomitee etwas dagegen?“, fragte Serge.

„Ganz einfach. Seht ihr den grauen Vogel ohne Flügel, den Emu? Das ist Lamar, der Präsident des Rennens. Er hat total Angst vor Salaniel und würde sich nie trauen, ein Wort gegen ihn zu sagen“, antwortete Malou. „Deshalb spielt er das Spiel mit.“

„Und wie hieß jetzt eigentlich der, der sich dagegen wehren wollte? Der gute Flieger, dessen Namen du mir vorhin erzählen wolltest?“, fragte Arvil erneut.

„Ach ja, der hieß A…“ Malou wurde erneut unterbrochen, und zwar dieses Mal von Salaniel persönlich, der plötzlich vor den dreien stand.

„Hey, Malou, hast du gesehen, wie ich das Rennen mal wieder

dominiert habe?“ Salaniel verzog seinen schwarzen Schnabel zu einem gehässigen Grinsen und kam sehr nah an Malous Gesicht heran.

Solar und Taifun standen neben ihm, ein genauso ekliges und selbstgefälliges Grinsen im Gesicht. Hinter ihnen standen ein Stachelschwein und ein Stinktier. Das waren Baka und Todo, die schweren Jungs, die für jedes krumme Ding zu haben waren. Man sah sie immer zu zweit und sie stritten sich andauernd, obwohl keiner wusste, worum es bei diesen Streitereien ging.

„Ja, hab ich gesehen“, antwortete Malou knapp und drehte ihren Kopf ablehnend zur Seite.

„Und wer sind die beiden Zwerge neben dir?“, fragte Salaniel.

Baka und Todo näherten sich mit ihren Gesichtern Serge und Arvil bis auf eine Nasenspitze und legten ihren finstersten Blick auf. Serge schlotterten die Knie und er verkroch sich hinter Malou. Als Malou gerade etwas entgegnen wollte, baute sich Arvil plötzlich vor den finsteren Gesellen auf und sagte mit breiter Brust: „Das geht dich gar nichts an.“

Salaniel schaute zu Arvil, stieß Baka zur Seite und kam ihm ganz nah. Mit einer sehr tiefen, sehr furchteinflößenden Stimme und stechendem Blick antwortete er: „Was du nicht sagst!“

Kaum hatte Salaniel ausgesprochen, hörte man ein merkwürdiges Geräusch hinter Malou. Serge hatte so eine Angst bekommen, dass er mal wieder gepupst hatte. Der Geruch schlich sich langsam zu Salaniel und seinem Gefolge. Die schüttelten sich und Solar murmelte: „Mir wird schwarz vor Augen … Was für ein unglaublich ekelhafter Gestank! Ich glaube, ich bin blind!“ Prompt bekam er von Salaniel einen kräftigen Schlag auf den Hinterkopf.

„Du bist eine Fledermaus, du siehst bei Tag nie was, du Trottel! Lasst uns gehen, das ist ja widerlich.“

Er drehte sich um und sagte zu Malou: „Wir sehen uns …“

Dann schaute er Arvil noch einmal mit abfälligem Blick an, stakste an ihm vorbei und stieß Serge um, sodass der mit seinem Gesicht in eine Schale mit Wasser fiel. Dann verschwanden Salaniel

und seine Handlanger in der Menge. Malou atmete einmal tief durch und ihr Blick, genau wie der von Arvil, richtete sich auf Serge, der immer noch mit seinem Gesicht in der Schale lag.

„Immer das Gleiche mit dir, Serge …“, kam von Arvil. Serge richtete sich mit einem breiten Grinsen auf, denn dieses Mal war ihm sein Pups überhaupt nicht peinlich gewesen.

Malou fand das auch. „Er hat uns die Haut gerettet, Arvil! Ich will nicht wissen, was Salaniel mit uns angestellt hätte. Du solltest dich vorsehen, diesem Rabengangster zu widersprechen, das kann auch gehörig schiefgehen.“

Arvil warf einen ernsten Blick auf die Stelle in der Menge, an der gerade die unangenehmen Gesellen verschwunden waren.

„Der wird noch sein blaues Wunder erleben, lasst mich nur machen!“, zischte er.

Malou hatte auf einmal Gänsehaut. Irgendetwas sagte ihr, dass Arvil tatsächlich ein ernsthafter Widersacher für Salaniel sein könnte. Ich wünsche dir alles Glück der Welt, kleiner Falke, dachte sie, während sie Arvil half, Serge aus der Schale zu ziehen.

11. KAPITEL

Die Kontaktlinse

„Kannst du jetzt endlich mit deinem Gesicht aus der Schale kommen? Wir wollen weiter!“ Arvil zog und zerrte an Serge, der stur in der Schale liegen blieb.

„Ich … ich … kann … kann“, stotterte Serge.

„Was kann… kann… kannst du?“, wiederholte Arvil. „Kannst du auch in ganzen Sätzen sprechen?“

Serge hielt sich die durchsichtige Schale vor die Augen und strahlte: „Cool, alles voll scharf!“

Arvil grinste. „Wie jetzt, ich oder Malou? Und wie meinst du das, du kannst alles sehen?“, fragte er. „Du bist doch nicht blind!“

„Nein, nicht ganz, aber fast. Jetzt kann ich euch richtig gut erkennen, ich kann alles total scharf sehen. Das ist TOLL!“ Serge piepste vor Aufregung.

„Ah, das ist ja schön. Komm jetzt, wir wollen weiter." Arvil hatte offensichtlich nicht ganz verstanden, warum diese Schale für Serge ein Geschenk des Himmels war. Jetzt wurde er ungeduldig.

Malou schaute zu Serge herunter und hatte plötzlich eine Idee: „Warte mal, jetzt weiß ich, was das ist!"

Serge war nämlich nicht nur in eine Schale mit Wasser gefallen, sondern in eine Kontaktlinse für Menschen. Die Kontaktlinsen standen vor jeder Rennbox, gefüllt mit Wasser. So konnte sich jeder Flieger bei einem Boxenstopp erfrischen. Jedoch war keinem der Tiere klar, wofür diese Dinger wirklich waren. Aber sie erfüllten ihren Zweck im Rahmen des Rennens: Wasser bereitzustellen.

„Und ich habe mich immer gefragt, für was die Menschen diese komischen Schalen bauen und sie danach in den Müll werfen. Sie können damit besser sehen!" Man sah Malou an, dass ihr ein Licht aufging. Endlich hatte sich ihre Neugier gelohnt und sie wusste, warum sie morgens immer in Fenster spähte, während die Menschen im Bad standen.

Arvil schaute Malou und dann Serge etwas erstaunt an.

„Kann man die vielleicht noch für was anderes gebrauchen? Lass mich mal!“ Arvil schob Serge beiseite und blickte durch die Linse auf seine Flügel.

„Uah, Hilfe!“, kam es von Arvil.

„Siehst du, ist alles schärfer, oder?!“, sagte Serge mit einem Lächeln.

„Nichts ist scharf! Ich sehe ja gar nichts. Alles ist verschwommen. Puh, mir ist ganz schwindelig.“ Arvil schüttelte sich und drängte dann zur Eile: „Lasst uns gehen!“

Serge schaute auf die Schale und verstand nicht, warum er besser sehen

konnte, jedoch Arvil alles schlechter sah. Malou schaute auf Serge und auf die Schale. Sie sah, dass Serge grübelte und vertröstete ihn dann.

„Komm, Serge, wir gehen weiter. Wir gucken es uns später noch mal an, okay?“

Serge trabte den anderen hinterher, aber man sah an seinem Gesichtsausdruck, dass er nicht zufrieden war.

Malou dagegen hatte eine Idee, warum Arvil nichts sehen konnte. Es lag einfach daran, dass Arvil sehr gute, nun ja, sogar Falkenaugen hatte. Serges Augen waren die einer Spitzmaus, die teilweise unter der Erde lebte. Dementsprechend schwach waren Serges Augen. Diese Schale schien den Unterschied zwischen Arvil und Serge auszugleichen. In Malou reifte eine Idee, aber die wollte sie später umsetzen. Jetzt gingen alle drei erst mal zu Malous Tante Jules, die am Rennen teilgenommen hatte.

12. KAPITEL

Tante Jules

Jules kam den dreien schon schnaufend und völlig erschöpft entgegen.

„Hallo, Tante Jules, wie geht's dir? Ich wollte dir meine zwei neuen Freunde vorstellen", rief Malou und hüpfte auf ihre Tante zu. „Ist alles okay bei dir?"

Jules atmete einmal tief durch, richtete sich auf und begann dann stockend zu sprechen: „Hallo, mein Schätzchen. Ja ja, alles ok … es war nur so anstrengend. Ich glaube, ich werde zu alt für den Spaß hier. So langsam sollte ich den Jüngeren den Vortritt lassen. Es ist aber auch zu aufregend, hier mitzufliegen!"

Als Möwe war Jules für solche Flugrennen eigentlich nicht gemacht. Sie konnte super gleiten und geschickte Drehungen in der Luft vollführen, aber den Flugkünstlern hatte sie nichts entgegenzusetzen als ältere Teilnehmerin. Sie machte seit einer Ewigkeit mit, weil sie den Trubel und Jubel liebte. Dabeisein ist alles, war immer ihr Motto gewesen. Jedoch merkte sie, dass ihre Kräfte schwanden.

Sie musterte die Neuen eingehend. „Na, wer seid ihr denn? Euch hab ich ja hier noch nie gesehen!“

„Die beiden habe ich heute kennengelernt. Sie waren draußen auf einem Baum und haben sich das Rennen angeschaut. Da dachte ich, ich nehme sie einfach mal mit. Das ist Arvil und das sein älterer Bruder Serge", stellte Malou die beiden ihrer Tante vor.

„Aha! Da geht mir meine Boxenchefin flöten wegen zwei Wildfremden!" Jules grinste. „Na ja, hätte eh nichts gebracht heute."

„Arvil und Serge also … seid gegrüßt. Ich bin die älteste Teilnehmerin bei den Rennen und auch noch Malous Tante. Hat es euch denn gefallen?", fragte Jules.

„Ja, das hier ist der …" Serge hatte nicht mal ausgesprochen, da unterbrach Arvil ihn schon:

„Es ist absolut super und ich will hier unbedingt mitfliegen!"

Serge stemmte die Arme in die Hüften und blickte ärgerlich: „Genau das wollte ich auch gerade sagen! Ja, super, meine Worte!"

„Ah, okay", lachte Jules. „Da ist ja einer, den das Rennfieber komplett gepackt hat. Du bist als Falke quasi fürs Rennen gemacht! Da gab es schon mal einen tollen Falken, der die Szene aufgemischt hat. Super, herzlich willkommen! Frag mich, ich kann dir alles erzählen. Die Sache hat nur einen Haken: Du bist zu jung als Teilnehmer und außerdem kann nicht jeder hier einfach mitfliegen. Das wird vom Rennpräsidenten bestimmt und vom Bürgermeister. Da muss man beim Rennkomitee vorfliegen und dann wird erst entschieden. Und dafür hast du wahrscheinlich zu wenig Erfahrung", erklärte Tante Jules.

„Ja, aber … ich kann das!", sagte Arvil, doch sein Mut sank ein bisschen. „Ich gehe zum Komitee und zeige ihnen, was ich kann."

„Das kannst du ruhig machen, jedoch kannst du es dir auch sparen. Weil ich dir jetzt schon sagen kann, dass es dir nicht helfen wird. Du würdest nicht zugelassen werden. Du bist noch zu jung, Kleiner. Das würden deine Eltern auch gar nicht erlauben, da es viel zu gefährlich ist", mahnte ihn Jules.

Arvil ließ den Kopf hängen und seine Freunde sahen ihm an, dass er enttäuscht war.

„Kopf hoch, Kleiner. Ihr seid jederzeit herzlich zu den Rennen eingeladen. Schaut sie euch an und wenn du dann alt genug bist, dann kannst du zum Komitee gehen und vorfliegen. Und bis dahin beobachte alles und lerne, wie alles hier so funktioniert. Ihr seid heute doch sowieso zum ersten Mal hier, oder?", fragte Jules.

„Ja, und es ist atemberaubend", hüpfte Arvil vor Freude.

„Deine Zeit wird kommen!“ Jules tätschelte Arvils Flügel mütterlich: „So, ihr drei, ich fliege jetzt mal nach Hause, um mich auszuruhen. Grüß deine Eltern und sag ihnen, dass ich euch morgen besuchen komme.“

„Ja, Tante Jules, bis dann“, rief Malou ihrer Tante hinterher.

„Arvil, komm schon, das war doch toll hier! Guck mal, wir haben gleich einen Rennflieger kennengelernt, das kann auch nicht jeder von sich behaupten“, sagte Serge zu Arvil, um ihn wieder aufzuheitern.

„Ja, ist schon gut, war toll.“ Arvil war immer noch enttäuscht.

Malou wollte sich nun auch verabschieden.

„So, ihr beiden, ich muss jetzt auch nach Hause. Sonst machen meine Eltern sich noch Sorgen. Wenn ihr wollt, können wir uns ja morgen wieder treffen.“

„O ja, sehr gerne“ antwortete Serge mit einem Strahlen in den Augen.

„Sollen wir uns morgen bei Sonnenaufgang unten am großen Felsen treffen?“, fragte Malou.

„Ja, wir kommen auf jeden Fall, oder, Arvil?!“, sagte Serge auffordernd zu Arvil und stupste ihn an der Schulter an.

Arvil schaute immer noch ein wenig traurig. „Na klar, machen wir“, seufzte er.

„Toll, ich freu mich!“, rief Malou.

Serges Augen wurden groß und sein Herz schlug schneller – er konnte es gar nicht erwarten bis morgen!

„Und Serge, ich hab morgen eine Überraschung für dich“, sagte Malou und schon war sie weg.

Nicht nur Malou hatte sich auf den Weg gemacht, sondern auch die meisten anderen Besucher. Die Boxengasse war bis auf vereinzelte Mechaniker nahezu leer und der Trubel war vorbei. Auf einmal kam es Arvil vor, als hätte er sich alles nur eingebildet. Er würde mitmachen, das schwor er sich in diesem Moment. Auch wenn er noch nicht wusste, wie. Aber es war ihm ja bisher immer etwas eingefallen, wenn er sich etwas in den Kopf gesetzt hatte.

Während Arvil nachdachte, war Serge wie benebelt und schaute Malou verträumt hinterher. Ein Pups entwich ihm.

„Mann, Serge!“ Arvil blickte genervt. „Das musst du echt in den Griff bekommen, klar?“ Doch Serge bemerkte ihn gar nicht. „Lass uns losfliegen, sonst werden Mama und Papa sauer, wenn wir vor Untergang der Sonne nicht zu Hause sind.“ Als immer noch keine Reaktion von Serge kam, packte Arvil ihn einfach und flog los in Richtung Heimat.

13. KAPITEL

Das Flugrennverbot

Auf dem Weg nach Hause merkte Serge, dass Arvil sehr still war. Serge traute sich zuerst nicht, ihn anzusprechen. Doch wer ihn genau kannte, wusste, dass Serge nie lang schweigen konnte. Sobald er etwas im Kopf hatte, musste er darüber reden. Und dieses Mal musste er etwas sagen, denn er machte sich Sorgen um seinen kleinen Bruder.

„Arvil, ist alles okay mit dir?“, fragte Serge.

Es dauerte ein wenig, bis Arvil antwortete.

„Ja … alles gut.“

„Nein, das glaube ich dir nicht! Du bist so ruhig. So kenn ich dich nicht. Ist es wegen des Rennens?“, hakte Serge nach.

„Ich ärgere mich einfach so! Ich will da mitfliegen!“, platzte es aus Arvil heraus.

Serge schmunzelte. „Arvil, du hast doch gehört, was Jules gesagt hat. In ein paar Jahren dann …“

Arvil unterbrach ihn: „In ein paar Jahren … NEIN, ich will jetzt fliegen! So lange warte ich nicht. Ich fliege jetzt schon besser als die meisten von denen!“

„Okay, aber …“

„Nichts aber!“, unterbrach Arvil ihn ein weiteres Mal.

„Wir fliegen erst mal nach Hause und dann sehen wir, was Mama und Papa dazu sagen“, versuchte Serge ihn zu beruhigen. „Übrigens – wie findest du eigentlich Malou? Ist sie nicht einfach unglaublich nett und toll und überhaupt … das schönste Eichhörnchen der Welt?“

„Oh, da ist aber einer schwer verliebt“, gluckste Arvil. „Serge ist verlie-hiebt. Serge ist verlie-hiebt …“, neckte Arvil ihn und vergaß darüber seine eigenen Sorgen. Serge wollte sich das nicht gefallen lassen.

„Nein, gar nicht! Na gut, vielleicht ein kleines bisschen.“ Aber Serges Honiggrinsen klebte weiterhin in seinem Gesicht.

Arvil hörte, bis sie zu Hause waren, nicht mehr auf mit seinen „Serge ist verliebt“-Rufen. Zu Hause angekommen, wartete Isolda schon sehnsüchtig auf die beiden. Es war spät und die Sonne ging bereits unter. Isolda tippte nervös mit ihrem rechten Fang auf den Höhlenboden.

„Ach nein, gebt ihr uns auch mal wieder die Ehre?!“, fragte sie mit strengem Blick.

Serge schaute verwirrt durch die Gegend. „Welche Ähre?“, fragte er mit unsicherer Stimme.

„Serge, Mama meint nichts zu essen, sie meint uns damit“, antwortete Arvil.

„Na denn, habt ihr mir was zu beichten? Ich hoffe, eure Ausrede ist gut … denn euer Vater ist auch nicht sehr begeistert!“ Isolda hatte sich fordernd vor ihnen aufgebaut.

Beide schauten ihre Mutter an, dann schauten sie sich gegenseitig an. Was sollten sie antworten?

„Und …?“ Isolda wartete ungeduldig.

„Ja, also … wir waren im Wald und dann sind wir ein wenig herumgeflogen und dann …“ Arvil wurde von Serge unterbrochen, der plötzlich, wie von einer Tarantel gestochen, anfing zu reden. „Ja, und dann waren da Vögel, sehr schnelle Vögel. Dann trafen wir Malou, das schnelle Eichhörnchen. Und dann entdeckten wir ein Loch im Zaun, die Tiere jubelten! Nur ein unfreundlicher Rabe hat uns den Spaß verdorben …“ Arvil unterbrach ihn, indem er ihm einfach den Mund zuhielt.

„Wovon redet dein Bruder?“, fragte Isolda völlig verwirrt.

„Ähm …, also, wir haben Malou kennengelernt und die brachte uns zum Flugrennen … und jetzt sind wir wieder hier“, erwiderte Arvil vorsichtig.

„Flugrennen?“, fragte Isolda und schaute streng, denn sie ahnte schon, wo ihre Söhne gewesen waren.

„Ja, mit mehreren Vögeln und ganz viel Publikum … so ein Rennen. Es war richtig toll!“ Arvil schlug begeistert mit den Schwingen.

„Ich weiß, was ein Flugrennen ist“, sagte Isolda.

„Mama, ich will da auch mitfliegen!“ Arvil setzte seinen schönsten Bettelblick auf.

„Auf keinen Fall! Und lass das bloß nicht deinen Vater hören! Ihr hättet überhaupt nicht dorthin fliegen dürfen“, schimpfte Isolda.

Kaum ausgesprochen, landete Aron neben ihnen und fragte: „Was soll ich nicht hören? Na, ihr beiden Rabauken, was habt ihr wieder angestellt?"

„Nichts, sie haben nur die Zeit vergessen", antwortete Isolda schnell für die beiden.

„Und das soll ich nicht wissen?", fragte Aron verblüfft.

Doch Serge konnte einfach nicht seine spitze Mäuseschnauze halten. „Na ja, wir waren auf einem Vogelrennen", murmelte er leise in sich hinein.

Aron hatte ausgezeichnete Ohren und sofort verstanden, was Serge gesagt hatte. Seine Gesichtszüge veränderten sich und Isolda legte genervt die Flügel an den Kopf. Sie wusste, was jetzt kam.

„Wo wart ihr? Auf einem Vogelrennen? Wer hat euch das erlaubt?! Ich will davon kein Wort mehr hören und ihr werdet nie wieder dort hingehen!", donnerte Aron los.

„Aber …" Arvil wollte etwas zu ihrer Verteidigung sagen, wurde aber sofort von seinem Vater unterbrochen: „Nichts aber! Ich glaube, ich habe mich klar genug ausgedrückt. Ich will hier nie wieder etwas von Flugrennen oder von der Teilnahme an Flugrennen hören!"

Arvil und Serge hatten ihren Vater nie zuvor so wütend erlebt. Sie gingen, ohne einen Ton zu sagen, und besorgten sich etwas zu essen. Isolda stand neben Aron und schaute ihn an: „Ist alles in Ordnung mit dir?“

„Nichts ist in Ordnung! Wer hat die beiden da hingebracht? Du etwa?“

„Ich habe nichts damit zu tun. Also rede mit mir in einem vernünftigen Ton. Soviel ich weiß, sind sie zufällig dort gelandet. Es war nicht ihre Schuld, sie waren neugierig, wie Kinder das nun mal sind! Du solltest endlich mit der ganzen Sache von damals abschließen.“ Isolda musterte ihn streng, aber auch voller Sorge. Sie seufzte und ging dann ebenfalls zu ihrer Schlafstelle in der Höhle. Aron blieb noch eine Weile dort am Eingang sitzen und grübelte, bis die Sonne ganz unterging. Dann hockte er sich zu Isolda, steckte den Kopf in ihr Gefieder und schlief langsam ein.

Arvil und Serge waren noch wach und redeten leise über das, was gerade passiert war.

„Warum ist er denn so ausgeflippt?“, fragte Serge.

„Das weiß ich auch nicht. Aber warum musstest du ihm auch sofort davon erzählen?“, erwiderte Arvil aufgebracht.

„Ich weiß auch nicht, es kam so plötzlich. Ich dachte, es kann keiner hören.“ Serge hatte ein schlechtes Gewissen und seine Tasthaare zitterten.

„Ja, das war wohl nichts, Serge. Aber ich frage mich, warum Papa das so ernst nimmt. Irgendwas stimmt nicht und wir werden noch herausbekommen, was es ist.“ Arvil wirkte sehr entschlossen.

Serge schaute seinen Bruder an: „Und wie willst du das machen?“

„Das weiß ich noch nicht. Jetzt schlafen wir erst einmal. Morgen ist auch noch ein Tag. Gute Nacht, Serge!“ Arvil drehte sich um und kuschelte sich in seine Schlafstelle.

„Dir auch eine gute Nacht! Es war der Wahnsinn heute und ich freu mich schon so, dass wir Malou morgen wiedersehen.“ Serge gähnte und ließ noch einmal einen entspannten Pups vor Freude.

„O Mann, Serge!“, stöhnte Arvil und steckte schnell seinen Kopf tief unter seinen Flügel.

14. KAPITEL

Das Geschenk

Kurz bevor die Sonne aufging, war Serge schon auf den Beinen. Denn er konnte es kaum erwarten, Malou wiederzusehen. Er war nervös vor Vorfreude und nichts konnte ihn mehr davon abhalten, Arvil aufzuwecken.

„Arvil … Arvil, die Sonne geht gleich auf! Steh auf, wir wollen uns doch mit Malou treffen“, flüsterte Serge und schüttelte Arvil leicht.

Arvil war gar nicht begeistert, dass er jetzt schon geweckt wurde. Er nuschelte vor sich hin.

„Es ist doch noch viel zu früh, lass mich schlafen, Serge.“

„Ja, aber die Sonne geht gleich auf. Los, wir dürfen doch nicht zu spät kommen. Sonst wartet Malou auf uns und wir sind nicht da.“ Serge war bereits hellwach.

„Ja ja, ist ja schon gut. Ich steh ja schon auf." Arvil streckte sich in alle Richtungen und als er seine Augen öffnete, sah er das breite Grinsen von Serge direkt über sich und erschrak.

„Hilfe! Hast du mich erschreckt!", schimpfte Arvil los.

„Bist du jetzt wach und können wir los?", bestürmte Serge ihn.

„Ich will mich erst mal waschen und was trinken und außerdem müssen wir Mama und Papa noch Bescheid sagen." Arvil stöhnte und gähnte.

„Ich habe Mama und Papa Bescheid gesagt. Die sind schon wach. Papa ist bereits unterwegs. Mama sagte, wir sollen nur nicht wieder so spät nach Hause kommen wie gestern. Also, können wir ENDLICH los?!", forderte Serge Arvil auf und zog ihn schon an seinem Flügel.

„Warte, ich will noch was trinken", sagte Arvil.

„Das können wir auch noch unterwegs. Ich geh schon mal los, du kommst ja sofort nach, oder?" Und schon sauste Serge aus der Höhle und verschwand zwischen den Pflanzen.

Arvil schaute hinterher, schüttelte sich kurz und seufzte. „Er kann schon anstrengend sein." Dann hob er ab und flog in die Richtung des großen grauen Felsens.

Als er ankam, war die Sonne schon am Horizont aufgegangen und er sah, wie Serge enttäuscht auf einem Stein saß. „Wie lange bist du schon hier?“, fragte er Serge. „Und warum guckst du so?“

„Ich bin schon ein Weilchen hier und Malou ist noch immer nicht da.“ Serge blickte sich trübsinnig um.

„Mann, bist du schnell gewesen!“, murmelte Arvil. „Na klar ist sie noch nicht da. Hab ich doch gesagt. Die Sonne ist ja auch gerade erst aufgegangen! Sie kommt schon noch.“

Und da raschelte es auch schon im Gestrüpp. Mal rechts, mal links, und Serge rief begeistert: „Malou, endlich!“

Arvil schaute seinen Bruder erschrocken an. Wenn das gehen würde, hätte er jetzt Herzchen in den Augen, dachte er sich. Dann schoss plötzlich Malous Kopf über einer roten Blume hervor und sie grinste. Für Serge war es wie ein Traum, obwohl er kaum etwas erkennen konnte. Er sah einen Kopf mit einem wunderschönen roten Kragen. Arvil begrüßte Malou wesentlich zurückhaltender. „Ah, da bist du ja. Serge wartet schon sehnsüchtig.“

„Oh, das freut mich“, sagte Malou und blinzelte Serge verschmitzt zu. Arvil schaute die beiden an und tat so, als ob er würgen müsste.

Serge und Malou warfen sich intensive Blicke zu.

„Mann, ich kann euch auch alleine lassen?“, stänkerte Arvil und setzte sich auf den Boden.

„Ja“, murmelte Serge leise, sodass es Malou nicht hören konnte.

„Nein nein, ich muss euch gleich was erzählen. Aber zuerst das Geschenk für Serge. Das hatte ich ihm ja versprochen!“, antwortete Malou. „Schließ deine Augen, Serge.“

Serge schloss sofort seine Augen mit einem breiten Grinsen. „Ach ja, das hatte ich schon vergessen. Bin ich aufgeregt.“

Malou sprang zurück in den Busch und kam mit einem komischen Ding in der Pfote wieder heraus. Arvil begriff erst nicht, was das sein sollte. Sie ging zu Serge und stülpte ihm das Ding über den Kopf auf seine Augen und sagte zu ihm: „Jetzt mach die Augen auf!“

Serge öffnete langsam seine Augen.

Zuerst war es noch wie immer, er konnte nicht gut sehen. Aber umso weiter er sie öffnete, umso klarer wurde ihm, dass er plötzlich alles scharf sehen konnte. Arvil und Malou sahen ihn irritiert an. Seine Pupillen wirkten riesig durch das Ding.

Doch Serge war das egal. Er schaute umher und erkannte plötzlich sämtliche Dinge und kam aus dem Staunen nicht mehr heraus. Alles war so schön und er konnte es sehen! Arvil lachte und sagte: „Du siehst aus wie eine Biene mit Riesenaugen."

„Und, Serge, du sagst ja gar nichts?", fragte Malou.

„Ich … ich … ich kann alles sehen! Es ist ein Wunder. Das ist alles so wunderschön!" Er sprang auf, umarmte Malou und überschüttete sie mit Dank. „Danke, danke, danke, dass ist das Tollste, was mir je jemand geschenkt hat!"

Arvil stand auf und ging zu Serge, um sich die Sehhilfe genauer anzuschauen. „Was ist das für ein Ding?", fragte er Malou.

„Weißt du noch, beim Rennen? Als Serge in die Schüssel gefallen ist?"

„Ja!", sagte Arvil.

„Das ist eine Wasserschüssel mit einem Dehnband. Hab ich ganz alleine gebaut." Malou war sichtlich stolz auf ihre Leistung.

„Ja, aber ich konnte nichts dadurch sehen“, sagte Arvil verwirrt.

„Als ihr weg wart, habe ich auch mal durchgeschaut und konnte auch nichts sehen. Und dann bin ich auf die Idee gekommen, dass die Menschen sich das Ding wahrscheinlich in die Augen machen, um besser sehen zu können. Da hab ich es begriffen. Wahrscheinlich machen alle Menschen das, wenn sie so schlechte Augen wie Serge haben und auch nichts sehen können. Also hab ich die Schale genommen und ein Dehnband und hab es zusammengebaut. Wir beide können nicht durchschauen, weil wir andere Augen haben. Nicht solche wie Serge oder die Menschen sie haben. Verstehst du?“ Malou hatte mit Händen und Füßen erklärt und guckte Arvil jetzt prüfend an.

Arvil begriff so langsam und fragte Serge: „Kannst du wirklich alles sehen?“

„Ja, alles, alles ist scharf und klar.“ Serge wurde plötzlich sehr hibbelig. „Teste mich, komm, zeig auf etwas, das ich sehen soll. Komm, zeig drauf!“ Er hüpfte hin und her.

„Das Ding da oben, auf dem Baum hinter dir“, zeigte Arvil.

„Apfel, Apfel! Noch eins, das war zu einfach, noch eins, komm, komm", forderte Serge weiter und Malou kicherte nur.

„Ja, ist ja gut!" Jetzt wollte Arvil ihn richtig testen. „Da, ganz oben auf dem grauen Felsen. Was ist das für eine Blume?"

Arvil überkreuzte seine Arme und konnte sich nicht vorstellen, dass Serge das erkennen würde.

„Das ist Löwenzahn, ja tatsächlich, Löwenzahn", antwortete Serge ungläubig, aber sehr stolz.

„Das ist ja unglaublich, du kannst ja wirklich alles sehen! Fantastisch! Malou, du bist echt schlau." Arvil blickte Malou bewundernd an.

Malou grinste nur und genoss das Lob. Serge hüpfte immer noch hin und her und rief aufgeregt: „Noch was, noch was. Da, Biene und Eichel und Ameisen und … und …!" Serge drehte sich wild im Kreis und zeigte auf allerlei Dinge.

Malou lachte und unterbrach ihn. „Sehr fein! Aber jetzt muss ich euch noch eine Neuigkeit sagen …" Malou fing zu erzählen an.

15. KAPITEL

Der Plan

Was für eine Überraschung! Das letzte Rennen war nur ein Vorrennen gewesen, berichtete Malou. „Das Rennen nächste Woche ist das wirkliche Finalrennen. Wenn man das gewinnt, ist man für die Europameisterschaft in Paris qualifiziert!“ Malou war ganz aus dem Häuschen, als sie das erzählte. Ihre Tante Jules würde nicht mehr an dem Finalrennen teilnehmen. Da sie eh keine Chance hatte zu gewinnen, wollte sie sich nicht noch einmal quälen. Und das würde sie heute noch dem Rennkomitee mitteilen. Arvil reagierte sofort.

„Ich kann doch an ihrer Stelle fliegen!“, rief er.

Malou schaute Arvil an und antwortete: „Du hast doch gehört, was meine Tante zu dir gesagt hat. Das wird nie klappen.“

Arvil war seine Enttäuschung ins Gesicht geschrieben.

„Außerdem würde das Komitee, kurz vor dem Rennen, keinen neuen Teilnehmer mehr zulassen. Das wäre zu kurzfristig. Das Rennen ist doch schon nächste Woche." Malou sah keine Chance für Arvil.

„Ich hab eine Idee", kam es plötzlich von Serge.

Arvil schaute seinen Bruder an. „Ach ja? Lass mal hören!"

„Arvil könnte doch anstelle von Jules fliegen", sagte Serge ganz stolz.

„Herrje, Serge, hast du gerade nicht zugehört? Malou hat doch gesagt, dass das nicht geht. Du mit deinen Ideen immer", antwortete Arvil genervt.

„Nein, ihr habt mich nicht verstanden. Ich meinte, Arvil fliegt als Tante Jules.“ Serge grinste triumphierend.

„Wie jetzt?“, fragte Malou.

„Wir verkleiden Arvil und keiner wird es merken. Ganz einfach.“ Serge war total überzeugt von seiner Idee.

„Ich weiß nicht, wie du aus einem Falken eine Möwe machen willst. Aber wenn das klappt, müssen wir mit Tante Jules reden. Sie darf ja dann auch nicht bei dem Rennen erscheinen.“ Malou schien zu grübeln, hatte die Idee aber nicht gleich abgelehnt.

Arvil schaute beide an und man sah seine Hoffnung wieder aufkeimen. „Serge, wenn das klappt, ist das deine beste Idee seit Langem.“ Arvil klopfte seinem Bruder auf die Schulter.

„Dann müssen wir uns beeilen! Meine Tante ist schon auf dem Weg zum Komitee. Wir müssen sie rechtzeitig aufhalten“, rief Malou.

„Dann mal los, wir dürfen keine Zeit verlieren!“, kam von Arvil und alle drei machten sich auf den Weg, um Tante Jules in ihren Plan einzuweihen.

16. KAPITEL

Alle an Bord

Sie erwischten Jules direkt vor der Tür des Rennkomitees. Sie wollte gerade anklopfen, als etwas Kleines neben ihr an die Hauswand bretterte. Jules erschrak und drehte sich um, da hörte sie Arvil sagen: „Jetzt hast du schon Sehschalen und weißt immer noch nicht, wann man abbremsen muss."

Serge grinste nur.

„Was ist hier los?", fragte Tante Jules.

„Hallo, Tante, wir wollen dir etwas erzählen", sagte Malou.

Tante Jules guckte alle drei an und schüttelte nur den Kopf. „Ihr seht doch, dass ich keine Zeit habe."

Malou nahm den Flügel ihrer Tante und begann, sie in ihren Plan einzuweihen.

„Es dauert nicht lange und es ist sehr einfach. Vorerst meldest du dich mal nicht ab, denn du wirst offiziell fliegen!“

Dann fingen alle drei abwechselnd an, auf Jules einzureden: Dass sie Arvil als Tante Jules verkleiden würden und so Arvil beim Rennen mitmachen könne. Jedoch würden sie ihre Hilfe brauchen, da es ja keiner erfahren dürfe. Und sie dürfe natürlich dann nicht bei dem Rennen anwesend sein. Sonst würde ja alles auffliegen!

Tante Jules hob beide Flügel und schüttelte den Kopf:

„Wer hat sich denn diese Idee ausgedacht? Wie wollt ihr denn aus Arvil eine Möwe machen? Das wird nie klappen! Und außerdem, was ist, wenn es rauskommt? Habt ihr eine Ahnung, was dann los ist?“ Arvil schüttelte sein Gefieder und erwiderte: „Das wird nie rauskommen. Denn wenn alle das machen, was sie sollen, wird es klappen!“

„Arvil, das Rennen ist kein Kindergarten! Es ist gefährlich und du bist es nie geflogen!“, antwortete Jules.

„Das weiß ich, deswegen bitte ich Sie, dass Sie mich trainieren“, bettelte Arvil.

Malou nahm ihre Tante fest in den Arm und durchbohrte sie mit einem herzzerreißenden Blick aus ihren nussfarbenen, großen Augen. Tante Jules gab auf. Wenn ihre Nichte sie so ansah, konnte sie nicht Nein sagen.

„Okay, okay, was habe ich schon zu verlieren. Aber wenn wir auffliegen, tragt ihr die Verantwortung!" Alle drei jubelten. „Arvil, das heißt für dich, dass wir uns beim großen Felsen unten treffen und sofort mit dem Training anfangen. Wir müssen jetzt jeden Tag nutzen, denn das Rennen ist schon nächste Woche. Ich komme gleich nach. Ich hole noch ein paar Hilfsmittel, die wir für das Training brauchen. Und jetzt los!" Tante Jules schien Feuer gefangen zu haben für ihre Idee und flog eilig davon. Malou, Serge und Arvil freuten sich tierisch.

„Lasst uns losfliegen. Und Serge, kein Wort zu unseren Eltern! Ist das klar?", mahnte Arvil seinen Bruder. „Ehrenwort, Arvil, du kannst dich auf mich verlassen!" Serge und Malou kletterten auf Arvils Rücken und Arvil flog los zum Felsen – ein echtes Krafttraining und eine gute Vorbereitung für das Flugrennen in einer Woche.

17. KAPITEL

Der Cheftrainer

Jules musste schon einige Zeit vor ihnen angekommen sein. Sie erwartete die drei bereits. Sie hatte verschiedene Gegenstände dabei und winkte ihnen fröhlich entgegen: „Guten Morgen! Super, dann kann es ja losgehen!“

Nachdem Arvil Serge abgesetzt hatte, begann Jules sofort mit dem Training.

„So, Arvil, du machst genau das, was ich dir sage. Malou und Serge, ihr seid meine Assistenten …“ Alle drei schauten sie konzentriert an und antworteten: „Aye, aye, Tante!“

Das Training begann mit Trockenübungen am Boden. Zuerst probten sie Flughaltung und Kurvenlage. Arvil begriff sehr schnell. Dann kamen erste Flugübungen, in denen Arvil plötzlich nicht mehr ganz so gut aussah. Aber Arvil übte und übte.

Die Tage vergingen und Arvils Motivation war ungebremst. Jedoch funktionierte nicht alles. Die Kurven flog er viel zu schnell und donnerte dann in die Büsche. Bei Sturzflügen geriet er oft ins Trudeln und er bremste meistens viel zu spät ab. Jules war erstaunt, wie waghalsig und halsbrecherisch Arvil flog, obwohl er doch noch so wenig Flugerfahrung hatte. Serge schickte in brenzligen Situationen permanent Stoßgebete zum Himmel und konnte gar nicht hinsehen. Der Start war auch noch nicht perfekt und Tante Jules überlegte, wann sie noch Zeit haben würde, Arvil den ein oder anderen Trick beizubringen. Was ist, wenn er auf Salaniels Tricks hereinfällt?, dachte sie. Tante Jules war ein wenig beunruhigt, denn ihnen lief die Zeit davon. Sie hatten nur noch drei Tage!

Malou und Serge feuerten ihren Freund und Bruder an, doch so wirklich verbesserte sich dadurch nichts. An diesem vierten Tag, es ging schon gegen Nachmittag zu, erklang plötzlich ein tiefes Lachen aus dem Schatten einer großen Buche. Alle erschraken, nur Serge nicht. „Ich kenne diese Stimme!“, murmelte er.

„Erkennst du mich, Serge? Wir haben uns schon einmal gesehen“, antwortete der Schatten. Alle blickten irritiert in die Richtung der Stimme.

„Hallo, Jules!“, grüßte die Stimme und nun trat der Sprecher ans Licht.

Jules stand mit offenem Schnabel da und rief: „Adwanagor, du bist es!“

„Ich wusste, ich kenne die Stimme!“, rief Serge und dann lächelte er. Er hatte so eine Ahnung, dass jetzt alles gut werden würde. Dieser mächtige Adler war der Helfer, den Arvil jetzt brauchte!

„Ich dachte, du wärst …“, sagte Jules.

Adwanagor lachte. „Ja, das denken einige. Aber Totgeglaubte leben länger, wie du siehst.“

„Aber wo warst du die ganze Zeit?“, fragte Jules.

„Ich war nie weg. Ganz im Gegenteil. Ich habe die Dinge ein wenig beobachtet und mich zurückgezogen.“

Während Adwanagor sprach, ließ er Arvil nicht aus den Augen. Arvil und Malou schauten nur und sagten nichts. Serge freute sich immer noch.

Jules dagegen konnte es nach ihrer ersten Überraschung nicht fassen. Was bildete sich dieser Vogel eigentlich ein, sich jetzt in ihr Renntraining einzumischen?

„Und gerade jetzt tauchst du auf? Ein bisschen spät, findest du nicht? Wir hätten dich wirklich früher brauchen können!“

Sie baute sich zu ihrer vollen Möwengröße auf und sah den mächtigen Adler herausfordernd an.

„Wahrscheinlich hast du auch noch Verbesserungsvorschläge, bevor du dich dann wieder in Luft auflöst?“

Adwanagor hatte keine Lust, sich mit Jules zu streiten. Er wusste, dass sie recht hatte, aber er hatte sehr lange, vielleicht zu lange, mit sich gerungen, ob er helfen sollte.

„Ich habe euer Training die letzten Tage beobachtet … Arvil ist ein hervorragender Flieger. Aber Jules, er ist keine Möwe! Er hat mehr Kraft und fliegt viel dynamischer. Du musst ihn trainieren wie einen Falken."

Jules reagierte prompt: „Dann trainier du ihn doch!" Und während sie das aussprach, hoffte sie von Herzen, dass Adwanagor ihr helfen würde. Sie hatte selbst bereits erkannt, dass sie mit diesem Flugtalent heillos überfordert war.

„Kann mir mal jemand erklären, warum? Woher soll der Adler denn besser wissen, was zu tun ist?", fragte Arvil verwundert und verschränkte seine Flügel vor der Brust.

Tante Jules nahm Arvil beiseite und erklärte: „Darf ich vorstellen? Das ist Adwanagor, der Rennadler. Er ist der beste Flieger aller Zeiten und auch der Einzige, der die Weltmeisterschaft sieben Mal in Folge gewonnen hat. Vor dir steht eine lebende Legende!"

Arvils Augen weiteten sich.

„Warum sollte ich ihn trainieren wollen? Arvil ist genauso ein Hitzkopf wie sein Vater. Meiner Meinung nach sollte er gar nicht mitfliegen", sagte Adwanagor.

„Mein Vater? Was hat das mit meinem Vater zu tun?“ Arvil war völlig verwirrt und verstand gar nichts mehr.

„Also hat er dir nichts erzählt. Das ist mal wieder typisch für Aron!“, empörte sich Adwanagor. „Na, dann wird es Zeit, dass du es erfährst. Jules, erzähl du ihm, was damals mit Aron passiert ist.“

Tante Jules schaute abwechselnd von Adwanagor zu Arvil und sagte dann: „Du bist der Sohn von Aron? Jetzt wird mir so einiges klar.“

„Was ist denn nun mit meinem Vater?“, bettelte Arvil.

„Na gut, ich erzähle es dir.“ Die drei hörten ihr gespannt zu. Sie erzählte, dass Aron vor langer Zeit der Schüler von Adwanagor gewesen war. Es hieß damals, dass Aron in seine Fußstapfen treten könne. Er war jung, motiviert und ein außergewöhnlicher Flieger. Er war nur zu dickköpfig und ein bisschen zu sehr von sich überzeugt. Oft hörte er nicht auf Adwanagors Rat und war der Meinung, er könnte jedem davonfliegen. Dann fand dieses eine unglückliche Rennen statt. Salaniel war auch dabei; Aron und er waren die großen Konkurrenten. Doch genau wie bei den heutigen Rennen stellte Salaniels Team auch damals seine Fallen auf. Oft kam Aron nur gerade so ohne eine Verletzung davon. Er war sehr vorausschauend und meisterte alle Rennen mit Bravour. Somit war er für die Europameisterschaft in Paris qualifiziert. Doch dort leistete er sich einen schweren Schnitzer. Aron war durch das beeindruckende letzte Rennen sehr arrogant geworden. Er war der Ansicht, dass niemand ihn stoppen konnte. So kam es, dass er auf die Ratschläge Adwanagors kaum noch hörte. Sie stritten sich so schlimm, dass Aron beschloss, ohne sein Team zu starten. Es fing auch sehr gut an, doch Aron wollte mehr! Dann kam die Kurve, vor der Adwanagor ihn immer warnte. Anstatt abzubremsen, gab er richtig Gas. Er wollte den damaligen und heute noch amtierenden Europameister Quintez richtig vorführen. Doch die Warnung vor der Kurve war nicht unberechtigt gewesen. Aron kam ins Straucheln und prallte mit voller Wucht gegen eine Hauswand. „Er brach sich beide Flügel und nahm nie wieder an einem Rennen teil“, beendete Jules ihre Erzählung. Malou, Serge und Arvil standen wie eingefroren da. Serge schaute auf Adwanagor und seufzte: „Was für eine traurige Geschichte!“

Adwanagor beugte sich zu Arvil und sagte tröstend: „So in der Art war das damals. Es tut mir leid, Arvil, dass du es so erfahren hast. Aber diese Rennen sind gefährlich. Bestimmt wollte dein Vater dich nur vor den Gefahren schützen."

Arvil war überwältigt von dieser Neuigkeit. Warum hatte sein Vater ihm das nie erzählt? Er hätte es so gern persönlich von ihm erfahren! Dann wäre er vielleicht auch gar nicht so erpicht auf das Rennen gewesen. Er überlegte und setzte sich auf einen Stein. Alle schauten auf Arvil – er tat ihnen leid. Serge sprach ihn vorsichtig an:

„Arvil, vielleicht hat Adwanagor recht und du solltest lieber nicht mitfliegen? Schau doch, was Papa passiert ist. Das ist es doch nicht wert!"

Arvil stand auf und schüttelte sich, bevor er sich aufrichtete und entschieden sprach: „Ja, es ist schlimm genug, dass er nichts erzählt hat. Das war nicht fair! Aber ich kann nicht anders. Irgendwas in mir sagt, dass ich dieses Rennen fliegen muss!"

„Oh, das habe ich schon mal von jemandem gehört. Nein, Arvil, so wie ihr bisher trainiert habt, wirst du kein Rennen überstehen", antwortete Adwanagor.

Arvil blickte Adwanagor bittend an: „Dann hilf mir!"

„Ich habe mir damals geschworen, dass ich nie wieder jemanden trainieren würde!“, seufzte Adwanagor.

„Ich habe verstanden, was damals nicht gut gelaufen ist“, sagte Arvil. „Es war aber die Entscheidung meines Vaters, deine Ratschläge zu ignorieren, nicht meine. Und ich bin nicht mein Vater! Ich werde mir deine Ratschläge zu Herzen nehmen. Versprochen!“ Arvil und alle anderen schauten Adwanagor mit großen Kulleraugen an, sogar Jules.

Adwanagor hielt sich die Flügel vors Gesicht und knurrte:

„Nein, nein, das könnt ihr nicht machen. Das ist unfair. Schaut bitte nicht so …“

Er drehte sich weg und man sah, dass er mit sich kämpfte und Für und Wider gegeneinander abwog. Dann drehte er sich wieder um und sagte ernst: „Ich habe eine Bedingung: Kein Wort zu deinem Vater!“ Bei diesen Worten schaute Adwanagor Arvil streng in die Augen.

„Den Spruch kenne ich schon“, flüsterte Serge und grinste dabei Tante Jules an. Tante Jules grinste schelmisch zurück und dachte sich ihren Teil.

„Einverstanden“, sagte Arvil und nickte.

„Mit deinem Vater werde ich selbst sprechen“, antwortete Adwanagor. Dann wandte er sich an die Gruppe:

„Nun gut, alle helfen mit. Wir haben nur noch drei Tage. Arvil, hör gut zu! Um Rennen fliegen zu können, muss man nicht nur schnell und gut fliegen, es gehören auch Köpfchen und Taktik dazu. Das bringe ich dir als Erstes bei. Und dann musst du dir die Rennstrecke einprägen. Damit beginnen wir morgen. Für heute war es das. Du solltest dich ausschlafen, um morgen früh fit fürs Training zu sein.“

Während die drei ihm ungläubig nachsahen, konnte Adwanagor nicht glauben, was er sich da eingebrockt hatte. Würde er wieder einen talentierten Flugschüler in Gefahr bringen oder würde sich dieses Mal alles zum Guten wenden? Sie würden es in drei Tagen erfahren.

18. KAPITEL

Der gerupfte Vogel

Die nächsten drei Tage waren sehr anstrengend. Arvil trainierte fast ohne Pause und lernte schnell dazu. Er wurde besser und besser. Adwanagor erkannte sofort, dass Arvil mehr Talent besaß als er selbst. Jedoch sagte er es ihm nicht. Er wollte verhindern, dass Arvil übermütig wurde und sich dadurch genauso in Gefahr brachte wie sein Vater damals.

Und dann war er da: der Tag des großen Rennens, die Qualifikation für das Waldflugrennen! Sie trafen sich am Fuß des großen grauen Felsens, auf dessen Gipfel das Rennen stattfand. Adwanagor stellte sich vor Arvil und legte ihm seine Flügel auf die Schultern. Die Freunde merkten, dass ihr mächtiger Helfer selbst etwas nervös war, als er sprach.

„Hör auf deinen Bauch, Arvil, es kommt nur auf dich an! Handle mit Verstand, dann wirst du ein gutes Rennen fliegen. So, Jules, wir brauchen jetzt deine Federn!“

„Wie, was für Federn?“, fragte Tante Jules erschrocken.

„Na, Arvil muss aussehen wie du und dafür brauchen wir deine Federn“, erklärte Adwanagor ungeduldig.

„Aha, und wie … ähm, ich meine, was wollt ihr jetzt machen?“, fragte Tante Jules ängstlich.

„Wir zupfen zupfen zupfen und rupfen rupfen rupfen!“, rief Serge übermütig und hüpfte um Jules herum, bis er einen Klaps auf den Hinterkopf bekam, diesmal aber von Malou. Er schaute Malou an und sie lächelte nur. Bei dem Blick vergaß Serge sowieso wieder alles.

„Nein, das könnt ihr nicht machen! Nein, nein, nein!“, rief Tante Jules entsetzt.

Ein Blick und ein Lächeln von Adwanagor zeigten ihr, dass die Idee ernst gemeint war. Schon standen alle um Tante Jules herum und zupften und rupften und man hörte nur noch einen Vogel, nämlich Tante Jules.

„Auuu … ah … oh … nicht da … autsch … das … werde … ich … ah … oh … euch … nie … verzeihen!“

Ein paar Minuten später sah Tante Jules aus wie ein gerupftes Suppenhuhn. Sie blickte an sich hinunter und wäre fast in Tränen ausgebrochen.

„So, das muss reichen“, sagte Adwanagor.

„Reichen?“ Tante Jules hüpfte zwischen ein paar Büsche. „Ihr habt ja nichts übrig gelassen! So, ich werde jetzt auch gehen, so darf mich keiner sehen. Unerhört! Ich wünsche dir viel Glück, Arvil, aber nun solltest du wirklich gewinnen. Meinen Federn zuliebe!“ Sie nahm sich zwei große Blätter, eines für vorne und eines für hinten, und verschwand zu Fuß in den Wald.

Sie waren sich bewusst, dass Tante Jules dieses Opfer für Arvil gebracht hatte. „Danke, liebe Tante Jules!“, riefen sie ihr im Chor hinterher. Malou grübelte schon, wie sie ihre Tante wieder aufheitern konnte. Dann drehte sich Adwanagor um und meinte: „So, jetzt können wir sicher sein, dass sie auf keinen Fall beim Rennen erscheinen wird. Serge, Malou, ihr beiden holt mir jetzt aus den Bäumen genug Harz, um die Federn an Arvil zu kleben. Beeilung, wir müssen gleich los!“

Serge und Malou holten das Baumharz und Adwanagor begann, Arvil die Federn von Tante Jules auf seine eigenen Federn zu kleben. Serge und Malou halfen mit und als sie fertig waren, gingen sie drei Schritte zurück und schauten sich das Ergebnis an. Sie waren sehr zufrieden.

„Du gibst ’ne super Möwe ab. Klasse, kaum zu unterscheiden“, sagte Adwanagor. „Noch eins, Arvil: Während des Rennens sagst du keinen Ton.

Malou wird für dich antworten. Sonst fliegen wir auf. Ich werde jetzt noch etwas erledigen. Aber ich bin rechtzeitig zurück, keine Sorge. Ich werde mich ein wenig im Schatten aufhalten. Es muss keiner wissen, dass ich da bin. Alles verstanden?“ Alle drei nickten.

„Dann fliegt jetzt. Bis gleich!“, sprach Adwanagor, dann schwang er sich in die Luft.

„Serge, du kommst mit mir. Ich kenne einen Weg auf den Felsen. Arvil, wir sehen uns oben. Bis gleich.“ Malou rannte los.

„Alles klar, bis gleich“, antwortete Arvil und flog den Felsen entlang nach oben. Serge folgte Malou und schaute dabei nur auf ihren wunderschön schwingenden Schwanz.

19. KAPITEL

Ein versöhnliches Wiedersehen

Es dauerte nicht lange, da landete Adwanagor an der Felsenhöhle von Isolda und Aron. Zuerst schien es so, als wäre Isolda alleine. Sie wunderte sich, dass nach so langer Zeit Adwanagor wieder vor ihr stand.

„Adwanagor, gleich zweimal in kürzester Zeit. Das kann kein Zufall sein“, begrüßte sie ihn.

„Ja, da hast du recht, Isolda. Ich sehe, euch geht es gut.“ Adwanagor blickte sich um.

„Wie geht es dir? Warum bist du zurückgekehrt?“, fragte sie gleich.

Adwanagor antwortete: „Mir geht es gut, ich kann mich nicht beklagen.“

„Und wie kann ich dir weiterhelfen?“, fragte Isolda. „Mir scheint es, als ob du nicht nur auf einen netten Plausch gekommen bist.“

„Ja, da hast du recht“, antwortete Adwanagor mit einem Schmunzeln. „Ist Aron auch da?“

„Nein, im Moment nicht. Ich hoffe, es hat nichts mit dem Rennen heute zu tun. Er hat damit abgeschlossen!“, erwiderte Isolda mit ängstlicher Stimme.

In dem Augenblick erschien Aron im Eingang der Höhle und kam auf sie und Adwanagor zu. „Isolda, lass uns alleine …“, bat er sie.

„Aber ich …“, sagte Isolda und wurde sofort von Aron unterbrochen. „Ich bitte dich. Und ich verspreche dir, dass ich nichts mit dem Rennen zu tun haben werde.“

Isolda senkte kurz ihren Kopf und flog dann davon. Aron blickte Adwanagor finster an und fragte: „Warum bist du hier, alter Adler?“

Adwanagor drehte sich in Arons Richtung. „So wie ich dich kenne, weißt du ganz genau, warum ich hier bin. Oder ich täusche mich und du bist alt geworden.“

Aron schaute Adwanagor an und sprach dann zögernd: „Du bist hier wegen des Rennens, aber nicht wegen mir, denke ich.“

„Da liegst du schon so gut wie richtig“, erwiderte Adwanagor. „Es geht eigentlich um deinen Sohn Arvil.“

Aron riss erschrocken die Augen auf: „Arvil? Was ist mit Arvil? Und was hat das mit dem Rennen heute zu tun?“

Adwanagor schmunzelte und sagte zufrieden: „Okay, du weißt gar nichts. Dann haben die Jungs es gut geheim gehalten. Na ja, das war vermutlich gar nicht so schwierig, du hast dich ja kaum um deinen Sohn gekümmert.“

Aron standen die Kopffedern zu Berge vor Wut und er fragte erneut: „Was ist mit meinem Sohn?“

„Ich erzähle dir alles, aber bitte lass mich bis zum Ende erzählen“, begann Adwanagor, die Geschichte rund um Arvils Teilnahme an dem Flugrennen zu erzählen.

„Im Moment stellt sich Arvil als Möwe verkleidet an den Start des Rennens“, beendete Adwanagor seine kurze Zusammenfassung der Ereignisse in den letzten Tagen. „Wie bitte?!“, krächzte Aron entsetzt und schnappte hörbar nach Luft.

„Wie kannst du das machen?! Es ist mein Sohn! Soll das die späte Rache an mir sein? Arvil wird untergehen!“

„Aron, du kennst mich und du weißt, dass ich nie Rache üben würde. Außerdem gibt es überhaupt keinen Grund, dass ich mich an dir rächen sollte. Es war damals deine eigene Entscheidung und damit musst hauptsächlich du selbst leben. Hör doch, Aron, dein Sohn hat es im Blut, Rennen zu fliegen. Genauso wie du damals.“

„Aber er ist doch noch viel zu jung! Ich muss das verhindern!“, rief Aron verzweifelt.

„Wenn du das machst, wirst du deinen Sohn verlieren. Er weiß alles, was damals passiert ist und hat seine Entscheidung trotzdem für das Rennen getroffen. Ich kann übrigens nicht verstehen, warum du es ihm nie erzählt hast.“ Adwanagor blickte Aron mit einem unergründlichen Blick aus seinen bernsteinfarbenen Adleraugen an.

„Ich wollte nicht, dass er es erfährt. Er sollte nicht die gleichen Fehler machen, die ich damals gemacht habe.“ Aron schien in Gedanken in seine Vergangenheit gereist zu sein, denn er wirkte abwesend.

„Er ist aber nicht du! Tatsächlich fliegt er sogar besser als du. Klar ist er ein wenig jung, aber ich glaube an ihn, genauso wie ich an dich geglaubt habe. Aber das war damals und jetzt ist heute. Aron, dein Sohn wird Rennflieger und es gibt nichts, was du dagegen tun kannst. Du wirst es ihm nicht verbieten können. Er ist in dieser Hinsicht genauso ein Sturkopf wie du!“ Adwanagor blickte ihn mit festem Blick an.

„Was soll ich jetzt deiner Meinung nach tun?“, fragte Aron mit hilflosem Blick.

„Sei für ihn da. Sei der Vater, den er sich wünscht und den er seit Langem vermisst. Steh ihm zur Seite. Er kann es heute schaffen, Aron, da bin ich mir sicher. Aber nur, wenn seine Familie hinter ihm steht und ihm zeigt, dass sie für ihn da ist. Überleg es dir, Aron, und handle weise.“

Adwanagor legte Aron kurz seinen Flügel auf die Schulter, drehte sich um und flog in die Richtung des Rennens. In dem Augenblick landete Isolda und schaute Aron an. Aron erklärte ihr alles. Sie hörte schockiert zu und warf ihre Flügel entsetzt vor ihren Schnabel. Adwanagor war bereits am Horizont verschwunden. Beide sahen in die Richtung des großen grauen Felsens, dahin, wo gleich das Rennen beginnen würde.

20. KAPITEL

Der Schwindel

Arvil, Serge und Malou waren auf dem Renngelände eingetroffen und betrachteten gespannt die hektischen Vorbereitungen. Die Zuschauerränge füllten sich allmählich. Einzelne Teams besetzten die Rennboxen und testeten unter lauten Diskussionen ihr Equipment das letzte Mal. Das Rennkomitee lief noch in den Boxengassen umher. Kolibri Zacharias, der rasende Reporter, machte seine Stimmübungen am Sprachrohr.

„Aaa, eee, iii, ooo, uuu, bum di bum di bum pfpfpfpf …“

Die Lautstärke war schmerzhaft, aber es hörte sich auch ziemlich komisch an. Serge grinste. Malou ging ihnen in die Boxengasse voraus, Arvil und Serge folgten ihr.

„Puh, ist das warm unter den Federn … Und leicht sind sie auch nicht“, stöhnte Arvil.

Malou drehte sich sofort zu ihm um. „Arvil, nicht so laut, sonst hört dich noch jemand! Sag bloß keinen Ton, sonst fliegen wir auf. Verstanden?“

„Ja, ist schon klar, bin ja schon still“, murrte Arvil. In dem Augenblick trat Salaniel von hinten mit seinem Gefolge an die Box heran. Mit dabei waren Solar, die Fledermaus, Taifun, die Elster, Todo, das Stinktier, und Baka, das Stachelschwein. Er sprach sie an: „Na hallo, wen haben wir denn da? Malou, ihre Tante und wieder diese Maus. Wo ist denn der freche kleine Nichtsnutz vom letzten Mal?“

Serge wurde ziemlich nervös und schaute Malou an. Malou antwortete hektisch: „Ja, ähm, der ging uns auf die Nerven und da haben wir ihn weggejagt.“ Arvil drehte sich zu Malou um und trat ihr auf den Fuß. Malou versuchte, sich nichts anmerken zu lassen.

„Das kann ich verstehen, gut gemacht. Jules, du siehst aber heute nicht gut aus. Na ja, selbst wenn, das Rennen würdest du eh nicht gewinnen, hahaha!“, lachte Salaniel boshaft.

Arvil hustete und Malou antwortete für ihn: „Meine Tante ist ein wenig erkältet und sollte besser nicht reden. Du weißt ja, die Kräfte schonen für das Rennen.“ Malou grinste nervös, während Serge schon mit den Zähnen klapperte. Da sagte Taifun mit einer tiefen, rauen Stimme: „Salaniel, der Zwerg hier, der klingt auch nicht ganz gesund. Wir sollten weitergehen, was sollen wir mit diesen Versagern?“

Salaniel schaute auf Serge und antwortete: „Du hast recht, der sieht wieder so aus wie beim letzten Mal. Da hat er dann die Luft verpestet. Jungs, lasst uns weitergehen. Wir wünschen euch viel Glück, das werdet ihr brauchen!“ Sein hämisches Lachen dröhnte über den Platz, und sein Gefolge stimmte mit ein.

„Ja, werdet ihr brauchen … brauchen werdet ihr das … das sagt Salaniel.“ Solar hüpfte wild umher, bis Taifun ihm eine über den Kopf knallte und befahl: „Solar, wir gehen!“

Solar sagte nichts mehr und trottete den anderen hinterher. Baka und Todo waren wieder mal mit einem Streit beschäftigt. Als die Bande ein paar Meter weitergegangen war, atmeten die drei auf und Malou sagte:

„Mich schüttelt es jedes Mal, wenn ich die sehe. Egal, jetzt müssen wir uns vorbereiten und konzentrieren. Wo bleibt nur Adwanagor?“

Hinter ihnen trat ein riesiger Vogel aus dem Schatten.

„Ich bin schon lange da, es muss mich ja nicht jeder sehen. So, ich hoffe, du bist bereit, Arvil? Und vergiss nicht, was ich dir gesagt habe. Der Kopf fliegt, nicht die Muskeln!“

Arvil stellte sich stolz in Position: „Ich werde dich nicht enttäuschen, Adwanagor!“ Dann seufzte er und sank ein wenig in sich zusammen. „Wie schön wäre es jetzt, wenn meine Eltern hier wären.“

Adwanagor legte ihm seinen Flügel auf die Schulter und als er gerade etwas sagen wollte, haute ihm Serge auf den Rücken und rief: „Ich bin doch da, was brauchst du mehr als deinen Bruder und deine Freunde!“

Arvil ließ sich gerne aufheitern. „Serge, du hast recht. Zusammen werden wir das schaffen!“

Alle lachten wieder, nur Adwanagor schaute in den Himmel. Er hoffte, dass Aron noch kommen würde. Doch stattdessen kamen der Bürgermeister Bertolomi, ein Uhu, sein Sekretär Cicero, der Specht, und der Präsident des Rennkomitees, ein Emu namens Lamar, auf sie zu. Adwanagor trat sofort wieder einen Schritt zurück in den Schatten. Es war besser, dass diese drei ihn nicht sahen. Sie blieben vor Serge, Malou und Arvil stehen und schauten sich ein wenig in der Boxengasse um. Ihr Blick blieb an Arvil hängen.

„Jules, du siehst aber nicht besonders fit aus“, sagte Lamar, der Rennboss. Der Bürgermeister bestätigte mit „Ja, geradezu krank“ und hielt

sich ein Tuch vor seinen Schnabel. Sein Sekretär wiederholte und notierte alles: „Notiert, Jules nicht fit PUNKT eher krank PUNKT."

Malou antwortete sofort: „Ja, Sie haben recht. Meine Tante hat sich ein wenig erkältet und deshalb komplett ihre Stimme verloren. Ganz schlimm. Aber fliegen kann sie, sagte sie mir."

„Ich dachte, sie kann nicht sprechen, wie kann sie dann sagen, dass sie fliegen kann?“, fragte Lamar und der Bürgermeister ergänzte: „Krank, um Gottes willen, dann ist sie ja ansteckend.“ Sein Sekretär wiederholte und notierte erneut: „Notiert, kann nicht sprechen PUNKT aber dann doch PUNKT Gottes willen PUNKT ansteckend krank PUNKT!“

Der Bürgermeister drehte sich zu seinem Sekretär um und sagte: „Cicero, das kannst du alles streichen. Ist nicht wichtig. Lass uns gehen.“

„Jawohl, Herr Bürgermeister PUNKT schon gelöscht PUNKT wir gehen PUNKT“, antwortete Cicero.

Der Bürgermeister und sein Sekretär drehten sich um und gingen zu der Tribüne, auf der das Rennkomitee seine Plätze hatte. Lamar blickte Jules erneut prüfend an und fragte: „Na gut, aber du kannst wirklich fliegen?“

Arvil schaute ihn an und nickte leicht und Malou antwortete: „Ja ja, das wird kein Problem!“

Lamar schüttelte den Kopf und meinte: „Ist ja nicht meine Gesundheit. Na dann, viel Glück.“ Er ging hinüber zum Rennkomitee.

Mittlerweile brachen die Tribünen fast unter der Menge an tierischen Zuschauern zusammen und die Stimmung heizte sich rasant auf. Adwanagor sprach aus dem Schatten: „So, gleich geht es los. Konzentriere dich auf dich selbst, Arvil, auch wenn um dich herum das Leben tobt.“

Alle drei schauten sich um und waren überwältigt von der Stimmung. Dann sammelten sie sich und bereiteten Arvil auf das Rennen vor. Serge und Malou kontrollierten noch einmal, ob die angeklebten Federn auch fest genug saßen. Alles war klar für den Start. Adwanagor hielt wieder nach Aron Ausschau. Aber er war weit und breit nicht zu sehen. Dann wurde es plötzlich lauter in den Zuschauerrängen.

21. KAPITEL

Das große Rennen

Zacharias, der Rennsprecher, war aufgestiegen. Lamar, der Rennboss, stand neben dem Bürgermeister auf einem Podest und wies die Teilnehmer auf ihre Positionen ein: „An die Startlinie. Das Rennen kann beginnen!“

Die Menge tobte. Alle Rennflieger flatterten zu ihren Startpositionen. Nun übernahm Zacharias und seine erstaunlich kräftige Kolibri-Stimme schallte über das Rennfeld: „Nicht überraschend, der Rabe Salaniel auf der eins, auf der zwei Piro, auf der drei Taifun, auf der vier Jacob, auf der fünf Jules, auf der sechs Solar, auf der sieben Cari.“

Alle Flieger machten sich startklar. Arvil erinnerte sich an Adwanagors Worte: „Der Start ist das Wichtigste.“ Er schaute nach links und nach rechts und nahm dann seine Startposition ein.

Malou und Serge konnten die Spannung kaum noch aushalten und blickten starr auf die Startlinie und ihren Favoriten Arvil. Adwanagor schien noch ziemlich gelassen zu sein und murmelte: „Arvil, zeig Herz.“

Lamar schrie zum Start: „Achtung, Rennflieger, die Regeln: Jeder fliegt für sich! Keine Kollisionen mit anderen Fliegern! Und vor allem – keine faulen Tricks!“

Serge und Malou meinten, in der Menge höhnisches Gelächter zu hören. Das Publikum wusste schon, dass Salaniel keine Tricks scheute, wenn er um den Sieg flog.

Lamar warf sich in Pose, um den Start auszurufen.

„Regeln bekannt, Flügel gespannt, das Rennfieber ist entbrannt …“, und dann schrie er, so laut er konnte: „Drei, zwei, eins … ZIEHT INS LAND!“

Die Vögel starteten wie Torpedos in die Luft und Zacharias übernahm die Moderation.

„Meine Damen und Herren, das Rennen ist gestartet. Salaniel immer noch auf der eins, dicht gefolgt von Piro, auf der drei Taifun … Oh, was sehe ich: Jules schon auf der vier! Jacob nur noch auf der sechs, da Solar an ihm vorbeizieht und Cari ein wenig dahinter auf der sieben. Was zu erwarten war …“

Die Menge feuerte ihre Favoriten an, die Stimmung war ausgelassen. Malou und Serge jubelten Arvil zu, der bereits einen Platz gutgemacht hatte.

„Jetzt kommt die scharfe Felskante … Wer schafft es, den richtigen Winkel zu finden und wie der Blitz darüberzufliegen? Salaniel wie immer gekonnt und Piro noch dicht dahinter, im Windschatten Taifun … Oh, was sehe ich da? Jules mit einer herausragenden Flügeltechnik nimmt die Kante rasant! Hat sie noch was auf ihre alten Tage gelernt? Der Rest des Feldes dicht dahinter … Nur Cari – o Gott, was macht sie da nur?

Sie landet tatsächlich und stellt sich an die Kante. Sie schaut runter … Okay, jetzt stürzt sie sich auch in die Tiefe! Alle Flieger sind im Sturzflug! Jetzt kommt es darauf an, den genauen Zeitpunkt zu finden, um die Flügel auszubreiten und genau vor den Baumkronen zu bremsen … Salaniel ganz locker wie imm… Oje, Piros Problem mal wieder, das Abbremsen – er landet in der Baumkrone und verliert seine Position. Taifun jetzt auf der zwei und Jules auf der drei. Piro schafft es noch rechtzeitig vor den anderen

und ist jetzt auf der vier. Danach Solar, Jacob und Cari. Alle schweben über den Baumkronen …“

Die Menge hörte nur noch auf Zacharias, denn die Flieger waren nicht mehr zu sehen. Immer wenn jemand einen Platz verloren oder aufgeholt hatte, kommentierten die Fans mit einem lauten „Oooh!“ oder „Aaah!“.

„Salaniel hat jetzt einen leichten Vorsprung rausgeflogen. Taifun und Jules sind auf gleicher Höhe … Was ist nur heute mit Jules los?! Das könnte das beste Rennen werden, das sie je geflogen ist! Ich hoffe, sie hält durch, denn sie ist ja nicht mehr die Jüngste. Piro kämpft sich wieder nach vorne, seine Schnelligkeit auf geraden Strecken kommt ihm hier zugute. Solar versucht sich im Windschatten zu halten, der Rest ist schon weit abgeschlagen. So spannend war die Anfangsphase noch nie! So, meine Damen und

Herren, die Flieger nähern sich dem Meer … Jetzt kommt es auf Geschick und präzise Kurvenlage an, wenn die Flieger unter dem Bootssteg im Slalom durch die Pfähle müssen. Am Ende des Stegs steht noch einmal die gleiche Aufgabe an: Eine gekonnte Drehung fliegen und dann wieder durch die gleichen Pfähle im Slalom so schnell wie möglich zurück! Salaniel ist schon kurz vor dem Bootssteg angekommen, Taifun und Jules auf gleicher Höhe dahinter und Piro eine Federlänge danach … Der Rest, na ja …“

Die Menge war jetzt gespannt, wie diese Hürde gemeistert würde. Viele Vögel schafften den Slalom nicht und flogen gegen einen Pfahl. Sie landeten unsanft im Wasser, noch dazu waren natürlich nicht alle davon Wasservögel. Aber die Sanitäterschwäne warteten schon und brachten alle schiffbrüchigen Flieger immer wieder sicher an Land.

„Salaniel taucht ab und nimmt die ersten Pfähle von links. Aber er wird langsamer … Der Slalom war nie seine Stärke. Jetzt wird es spannend: Jules und Taifun kommen beide gleichzeitig unter dem Steg an. Jules von links, Taifun von rechts uuund, was sehe ich da? Sie kreuzen ihre Flugbahnen und versuchen, sich aus dem Rennen zu werfen!“

Taifun sah, dass Jules schneller war, deswegen versuchte er sie in einen der Pfähle zu drängen. Er wunderte sich nur, dass Jules so wendig war. Das kannte er nicht von ihr! Während die beiden miteinander kämpften, holten sie auf Salaniel auf. Piro hatte ebenfalls aufgeholt, aber er war ein schwacher Kurvenflieger. Der Abstand zur Spitze wurde wieder größer. Solar hatte ebenfalls große Schwierigkeiten, da er tagsüber als Fledermaus schlecht sah und ihn auch noch die glitzernde Wasseroberfläche blendete. Also flog er in Zeitlupe durch den Steg, sodass Jacob und Cari wieder ein wenig aufholten. Doch die beiden waren eigentlich nur Randfiguren des Rennens, denn sie waren wirklich langsame Flieger, wie es sich für eine Taube und eine Ente gehörte. Taifun schaffte es jedoch nicht, Jules abzudrängen und nun kam schon die erste Wende.

„Eine wunderschöne Wende von Salaniel … Taifun dreht sich wie eine Kopie von Salaniel. Aber was macht Jules? So eine unglaubliche Wende habe ich nur bei zwei Fliegern in meinem Leben gesehen – Adwanagor und Aron! Jules hat wohl heimlich trainiert! Respekt, meine Damen und Herren."

Malou hörte aufmerksam zu und stöhnte: „O nein, jetzt weiß es jeder. Sie haben kapiert, dass etwas nicht stimmt! Ich hab solche Angst!"

„Alles wird gut, vertrau mir, Malou", beruhigte Adwanagor sie mit einer warmen und ruhigen Stimme. Malou lächelte, doch wirklich ruhiger wurde sie nicht. Serge war eh nervös und versuchte sich nur unter Kontrolle zu halten, damit er nicht zu pupsen begann.

„Und es geht wieder rein zwischen die Pfähle! Salaniel, Taifun und Jules sind fast auf gleicher Höhe. Taifun versucht wieder, Jules abzudrängen – ein gefährliches Spiel! Aber es scheint so, dass alle gut rausgekommen sind aus dieser schwierigen Passage. Solar und Piro sind auch durch, der Rest flattert hinterher. Nun kommt wieder eine lange Gerade, direkt hinein in den Tunnel des Schreckens … Da wird es noch mal spannend, meine Damen und Herren! Salaniel hat wieder mehr Abstand zum

Rest der Spitze. Taifun gibt nicht auf und drängt Jules in den Himmel. Oooh, das sieht nicht gut aus, beide werden dadurch langsamer … Was versucht Taifun da nur?“

Taifuns Absicht war klar: Er wollte Jules, also Arvil, abdrängen, damit er nicht so nah an Salaniel herankam. Denn Solar und Taifun nahmen nur deshalb am Rennen teil, um Salaniel den Rücken freizuhalten. Durch Taifuns Attacken musste Arvil weiter aufsteigen und kam der Sonne immer näher. Das Baumharz, das die Federn von Jules an Arvil hielt, fing an, weich zu werden. Noch merkte Arvil nichts davon.

„Uh, Solar und Piro ziehen an Taifun und Jules vorbei! Taifun lenkt wieder ein und folgt den beiden … Jules fliegt wieder tiefer, um den Anschluss zu halten. Salaniel ist schon beim Tunnel und fliegt hinein … Jetzt Solar und Piro, dann Taifun … und nun ist auch Jules drin! Der Rest braucht noch ein wenig. Nun müssen wir abwarten, was passiert. Ich schalte kurz in die Werbung und nach einem Spot sind wir wieder da …“

Die Tiere auf den Rängen murrten, denn sie fieberten vor Spannung. Eine Minute, die sich anfühlte wie eine ganze Stunde, verging, dann konnte man das Sprachrohr pfeifen hören und Zacharias meldete sich zurück.

„Und da sind wir wieder! Salaniel kommt gerade aus dem Tunnel wieder heraus. Wer ist der Nächste? Piiirooo auf der zwei, das hätte ich nicht gedacht! Und da kommt Taifun … Solar ist nicht zu sehen, ist ihm was passiert? Und jetzt Juuu… Nein, stopp, das ist nicht Jules. Wer ist das? Sieht aus wie ein Falke mit ein paar weißen Federn?!"

Was war passiert? Salaniel hatte wieder einen seiner fiesen Tricks geplant. Solar, der im Dunkeln sehr gut sehen konnte, sollte im Tunnel warten, um eine Falle zu stellen. Als Arvil in den Tunnel flog, war das Baumharz, das die Federn befestigte, so weich geworden, dass es nur einen Luftzug brauchte, damit sie abfielen. Solar wartete im Tunnel auf Jules. Als Arvil dann in den Tunnel flog, sprang Solar von der Decke aus auf Arvils Rücken, den er natürlich für Jules hielt. Das geschmolzene Harz war kein guter Halt und Solar rutschte mit fast allen Federn von Arvils Rücken herunter. Arvils Tarnung flog mit der nächsten Böe aus dem Tunnel davon. Jeder konnte nun sehen, dass hier ein Falke mit ein paar wenigen Möwenfedern flog!

Ein Falke mit Möwenfedern? Das ganze Publikum, der Bürgermeister und der Rennboss sprangen von ihren Stühlen auf. Malou und Serge waren geschockt und auch Adwanagor trat aus dem Schatten.

„O nein, was passiert jetzt? Arvils Tarnung ist aufgeflogen“, sagte Malou entsetzt und schaute auf Adwanagor.

Adwanagor blieb ganz ruhig, schaute nur auf den Rennboss Lamar und antwortete: „Malou, ich habe dir doch gesagt, es wird alles gut gehen.“

Lamar trat vor und wollte das Zeichen zur Disqualifikation für Arvil geben. Er wirkte sehr empört. Die Rennvögel waren jetzt auf dem Weg in die Boxengasse. Adwanagor breitete die Schwingen aus, um loszufliegen, und rief ihnen noch zu: „Bereitet alles vor für den Boxenstopp, habt ihr mich verstanden?“

„Boxenstopp? Wofür? Es ist aus!“, jammerte Serge. Adwanagor blickte ihn streng an.

„Ähm, geht klar, Boxenstopp“, antwortete Serge und lief nervös umher.

Die ersten Vögel schossen in ihre Boxen. Salaniel als Erster, dann Piro und Taifun eine Flügelbreite dahinter. Solar hatte mit seinem üblen Trick das Rennen verlassen und war nicht mehr dabei und Arvil war noch auf dem Weg, genauso wie Jacob und Cari. Alle schauten jetzt nur noch auf Arvil, der bereits gut zu sehen war. Salaniel stakste sofort zum Rennboss und beschwerte sich: „Sofort weg mit ihm. Ein Betrüger hat hier nichts verloren.“

Lamar, der Salaniel seit jeher fürchtete, duckte sich unterwürfig. „Ich kümmere mich sofort darum, Salaniel.“

In dem Augenblick landete Adwanagor hinter Lamar und Salaniel. Das Publikum raunte auf, denn keiner hatte damit gerechnet, Adwanagor noch einmal lebend zu sehen. Lamar und Salaniel fielen fast die Augen aus dem Kopf.

„Adwanagor, du hier? Ich dachte, du wärst …“

„Hm, anscheinend dachten das wohl viele“, antwortete Adwanagor und musterte ihn prüfend.

„Was hast du hier verloren?!“

„Salaniel, ich grüße dich. Ich glaube, wenn ein Flieger sich von der Box entfernt, wird er disqualifiziert. Stimmt das, Lamar?“, merkte Adwanagor nur mit einem Augenzwinkern an.

„Box … Box? Ja … ja, das darf ein Flieger nicht“, stotterte Lamar.

„Darf ich bitten, Salaniel“, forderte Adwanagor ihn auf.

Salaniel drehte sich mit bösem Blick um und flog wieder in die Boxengasse.

„Lamar!“, sagte Adwanagor mit entschiedener Stimme. „Arvil wird weiterfliegen. Ihr habt ihn zum Start zugelassen und deshalb ist sein Weiterflug durch die Regeln gedeckt. Eure Kontrolle zu Beginn hätte wohl etwas sorgfältiger ausfallen müssen. Die Regel sagt nämlich: Jeder Flieger wird durch das Rennkomitee kontrolliert. Wenn der Flieger als flugfähig beurteilt wird, ist der Flieger zugelassen, darf starten und das Rennen zu Ende fliegen.“

Lamar gab sich geschlagen: „Ich kenne die Regeln, Adwanagor! Nicht im Traum würde es mir einfallen, Arvil zu disqualifizieren!“

Lamar hatte offensichtlich noch größere Angst vor Adwanagor als vor Salaniel.

„Dann steht dem weiteren Rennen ja nichts mehr im Wege, oder?“, sprach Adwanagor und schaute Lamar noch einmal scharf in die Augen.

„Alles gut, lieber Adwanagor", säuselte Lamar und verzog seinen spitzen Schnabel zu einem schiefen Lächeln.

Adwanagor hob wieder ab und flog zu Arvil in die Box. Arvil war schon angekommen und trank aus den Schalen. Doch in der Box landete nicht nur Adwanagor, sondern auch Aron! Serge schaute hoch und staunte: „Papa, was machst du denn hier?"

Arvil und Malou drehten sich um und erschraken. Arvil fing an zu zittern und stotterte: „Es es tutututut mir leid!" Doch Aron unterbrach ihn mit einer Flügelbewegung.

„Arvil, du musst dich nicht entschuldigen. Ich bin es, der sich entschuldigen muss! Du hast ein Rennen vor dir und wir wollen sehen, was du kannst. Mama ist auch hier, sie sitzt da oben. Wir stehen voll hinter dir!"

Arvil umarmte seinen Vater, schaute zu seiner Mutter und war so glücklich wie nie zuvor. Serge sprang vor Freude und pupste. Die Umstehenden verzogen ihre Gesichter und Serge antwortete nur: „Tut mir leid, ist mir so rausgerutscht."

Alle lachten.

„So, fertig machen!", befahl Adwanagor mit entschlossener Stimme. „Wir haben ein Rennen zu gewinnen."

Aron beugte sich noch einmal zu Arvil hinunter. „Ich sage dir jetzt, was Salaniel geplant hat. Mit Sicherheit ist er nicht besonders erfinderisch und stellt noch immer an den gleichen Stellen Fallen auf wie damals." Arvil nickte dankbar und Aron zählte ihm ein paar gefährliche Stellen auf, an denen Salaniel seine Helfer positioniert hatte oder wo er selbst Arvil attackieren würde.

„So, mein Sohn, zeig allen, was in dir steckt!"

Das Publikum jubelte und wartete auf den Auftritt des neuen Favoriten – Arons Sohn Arvil! Arvil machte sich fertig für den Start und verspürte Stolz.

Derweilen beobachtete Salaniel das ganze Geschehen mit fiesem Grinsen. „Arons Sohn, das hätte ich mir doch gleich denken können, als ich ihn fliegen gesehen habe. Na ja, dann braucht der Kleine wohl auch seine Lektion.“ Salaniel drehte sich zu Taifun, Todo und Baka um. „Mir ist egal, was ihr macht, doch dieser Zwerg kommt nicht ans Ziel, verstanden?! Zieht alle Register, nutzt jeden schmutzigen Trick! Und jetzt weg hier, ich muss gleich starten.“

Die drei nickten und Taifun machte sich ebenfalls startklar. Todo und Baka verschwanden im Wald.

Man sah Zacharias wieder aufsteigen. Die Menge lärmte, in wenigen Sekunden startete die zweite und letzte Runde. Lamar trat vor, alle Flieger waren bereit. Im Rennen befanden sich noch Salaniel auf der eins, auf der zwei Piro, auf der drei Taifun, auf der vier nun Arvil, auf der fünf Jacob und zu guter Letzt, wie immer, Cari. Lamar hob seinen kleinen Flügel, die Spannung stieg, das Publikum war auf einmal ganz still. Dann kam das Zeichen von Lamar, sein Flügel sank und das Rennen begann. Die Menge tobte, denn dieses Rennen würde womöglich heute einmal ganz anders ausgehen als in den Jahren zuvor … Eine Veränderung gab es noch beim Start: Die Erstplatzierten durften jetzt zuerst starten, dann nacheinander die Teilnehmer auf den hinteren Rängen.

22. KAPITEL

Der kleine Falke ganz groß

„Meine Damen und Herren, wir gehen in die letzte Runde! Wird Salaniel sich erneut durchsetzen oder wird, wie ich gerade erfahren habe, der Sohn von Aron das Rennen machen? Seine überraschende Verwandlung von der Möwe zum kleinen Falken-Papagei war bis jetzt die größte Überraschung des Rennens. Vielleicht qualifiziert ihn das noch für weitere Überraschungen? Arvil, kleiner Falke, wir zählen auf dich! Salaniel fliegt aus der Boxengasse, danach Piro, der gleich auf die Tube drückt. Taifun hat leichte Schwierigkeiten, aber er ist in der Luft … Nun kommt Arvil, der jetzt mit weniger Gewicht, da er nicht mehr seine Federverkleidung trägt, ins Rennen fliegt. Jacob und Cari starten ebenfalls nacheinander. Alle fliegen wieder auf die Felsenkante zu, noch hat sich nichts getan … Salaniel taucht ab, Piro ebenfalls. Taifun setzt an und Arvil ist schon dicht dahinter! Jacob und Cari brauchen noch ein wenig. Salaniel gekonnt wie immer, Piro setzt sich in den Windschatten. Doch was sehe ich da? Arvil stürzt sich mit einer hervorragenden Flügelhaltung in die Tiefe und geht an Taifun vorbei, als ob es nichts wäre! Taifun ist überrascht und kann gar nicht fassen, was da gerade passiert! Salaniel fliegt gekonnt über die Baumkronen und Piro hat wieder Schwierigkeiten mit dem Bremsen und taucht leicht in eine Baumkrone ab. Er schafft es doch noch rechtzeitig und bleibt noch vor Arvil. Doch der Kleine macht das fantastisch – man sieht, dass Adwanagor sein Trainer war! Taifun fliegt jetzt aggressiver und – oooh, das war knapp! Kurz bevor er in die Tiefe stürzt, fängt er sich gerade noch ab! Ja, und Jacob und Cari machen wohl heute unter sich aus, wer den letzten Platz belegt. An der Spitze wird es spannend: Salaniel immer noch auf der eins, dahinter Piro, dicht gefolgt von Arvil und dahinter mit einer Wut im Bauch Taifun … Piro nimmt auf der langen Geraden wieder Fahrt auf, das ist ja seine Stärke als Pirol … Salaniel kann sich aber noch behaupten. Taifun setzt sich in den Windschatten von Arvil, doch dieser kleine Kerl zeigt, was in ihm steckt und wird immer schneller! Die Flieger sind schon am Bootssteg, was für ein rasendes Rennen! Jetzt tauchen die Flieger in die Slalompassage ein …"

Die Menge hörte gespannt zu, es war so still, dass man eine Feder hätte fallen hören können. Auch in der Box von Arvil war die Stimmung angespannt. Malou nahm Serges Pfote und starrte gebannt auf das Renngelände. Serge schaute nur verdutzt und grinste dann vor Freude. Umso näher Arvil dem Bootssteg kam, umso fester packte Malou Serges Pfote. Serge hielt die Luft an und wurde sehr rot im Gesicht, wollte aber nicht loslassen, wenn er schon einmal Malous Pfote in seiner hatte.

Dann war Zacharias wieder zu hören: „Salaniel taucht unter den Bootssteg und nimmt die ersten Pfähle sehr gut, jedoch sehr vorsichtig … Piro will abtauchen und – o nein, was passiert da? Er weicht etwas aus und stürzt ins Wasser? Schade, er ist heute ein tolles Rennen geflogen! Jetzt hoffen wir nur, dass die Sanitäterschwäne ihn rechtzeitig aus dem Wasser holen …"

Was war passiert? Als Piro unter den Steg fliegen wollte, tauchten plötzlich Stacheln vor ihm auf. Es waren die Stacheln von Baka, dem Stachelschwein.

Eigentlich sollten diese Stacheln Arvil treffen, doch Baka hatte dem Moderator nicht genau zugehört und war ein wenig zu früh dran. So wurden Piro die Stacheln zum Verhängnis. Arvil tauchte auf gleicher Höhe mit Taifun, wie bei der ersten Runde, in den Pfahlslalom ein. Von Taifun konnte er hören: „Baka, du Trottel!" Arvil freute sich, dass er der Falle entronnen war, und gab noch einmal Gas.

Zacharias kommentierte derweil den Slalom der Rennflieger: „Salaniel verliert wieder an Tempo, ist aber kurz vor der Wende … Taifun will sich wohl wegen des Überholmanövers von Arvil vorhin rächen. Sie kreuzen sich erneut und Taifun versucht, Arvil abzudrängen. Doch der Kleine ist nicht zu treffen! Er ist flink und wendig und weicht jedem Angriff Taifuns aus – einfach toll, ihm zuzuschauen! Salaniel setzt nun an zur Wende – sehr schön genommen! – und taucht wieder ab unter den Steg … Jetzt Arvil und Taifun – Arvil setzt hoch, ja sehr hoch an … Das nimmt Zeit in Anspruch! Ja, das war klar, Taifun sieht es und fliegt nur eine kleinere Schleife. Er hat Arvil überholt und nun hat Arvil Taifun vor sich. Das war kein gutes Manöver!“

Malou ließ Serges Pfote los und fragte: „Warum macht er das?“

Serge schaute nur verwirrt, da er sich mehr auf Malous Pfote konzentriert hatte als auf alles andere, und fragte: „Wieso, was ist, äh, was war?“

„Alles genau richtig“, kommentierte Aron und schaute Adwanagor an. „Er nutzt den Windschatten, um Kräfte zu sparen. So hat er für das Ende genug Energiereserven.“

Malous Gesichtsausdruck hellte sich auf. Serge schaute nur hin und her und begriff nicht so richtig. Dann fiel ihm etwas auf. Durch die Sehschale konnte er nun besser sehen, und was sah er da? Wie Todo, das Stinktier, in Richtung des Schreckenstunnels lief! Er zappelte nervös hin und her, bekam aber keinen richtigen Satz heraus.

„Da … da …“

„Was ist denn, Serge?“, fragte Malou.

Serge schaute Malou mit großen Augen an, dann raste er mit Höchstgeschwindigkeit ebenfalls in die Richtung des Tunnels.

„Wo willst du hin? Gleich ist der Zieleinflug!“

Doch Serge lief, als ob der Teufel hinter ihm her wäre. Malou blickte ihm hinterher, doch in diesem Augenblick führte Zacharias die Moderation fort.

„Es wird spannend, der Schreckenstunnel steht kurz bevor. Salaniel vorn, ein Stück weiter Taifun und dicht dahinter Arvil, der sehr konzentriert seine Bahn hält … Jacob und Cari weit abgeschlagen noch in der Slalompassage. Jetzt ist es so weit, Salaniel fliegt hinein, gefolgt von Taifun und Arvil! Wir gehen wieder mal in die Werbung und sehen uns gleich zum Zieleinflug …“

Was würde in diesem Tunnel passieren? Keiner konnte hineinsehen! Doch Aron wusste es aus Erfahrung und hatte Arvil davon in der Box erzählt. Und so wusste Arvil genau, was ihn erwartete. Durch die schlechte Sicht im Tunnel mussten die

Rennvögel nach Gefühl fliegen. Sie konnten ihren Vordervogel nur als schemenhaften Umriss sehen. Solar würde das ausnutzen und wieder an der Decke auf Arvil warten, um ihn aus dem Rennen zu kicken. Aron hatte ihm einen hilfreichen Tipp gegeben. „Zähl bis drei, flieg dann steil nach unten und werde schneller“, hatte Aron gesagt. Wenn alles klappte, würde Arvil sich dadurch genau unter Taifun befinden und der würde noch nicht mal etwas davon mitbekommen. „Solar verlässt sich auf sein Gehör und denkt, dass Taifun du bist und stürzt sich von der Decke“, erklärte sein Vater ihm. So würden sie Solar austricksen können, der sich mit Schallwellen in der Dunkelheit orientierte.

Und tatsächlich klappte Arons Plan. Arvil setzte sich unter Taifun und der hatte bald Solar im Genick. Solar packte richtig zu, da er nicht wieder wie in der ersten Runde mit einem Haufen Federn abrutschen wollte. Er riss Taifun zu Boden und wusste nicht wirklich, wer unter ihm war. Das war das Aus für Taifun!

Doch Salaniel hatte einen noch gemeineren Plan ausgetüftelt: Todo, das Stinktier, sollte ans Ende des Tunnels gehen und, sobald Salaniel aus dem Tunnel heraus war, eine Duftfahne ablassen. So ein Stinktierpups war nichts für feine Vogelnasen! Salaniel wollte, dass seine Konkurrenten am Ausgang des Tunnels durch diesen Duft ins Taumeln gerieten. Todo rechnete jedoch nicht mit Serge. Denn Serge hatte mitbekommen, was Todo im Schilde führte. Todo sah, wie Salaniel gerade aus dem Tunnel flog. Er baute sich auf, Hintern hoch, Kopf nach unten, als ihm plötzlich jemand auf die Stirn tippte.

Überrascht schaute er nach vorne und sah nur noch kurz einen kleinen, grauen Mäusehintern. Dann hüllte ihn ein unfassbar ekliger Gestank ein, der ihn noch kurz nach Luft schnappen ließ und dann ins Reich der Träume schickte. Serge hatte alles aus seiner Geheimwaffe herausgeholt und Todo mitten ins Gesicht gepupst. Arvil schoss gerade aus dem Tunnel, roch Serges Duft und rief nur: „Serge, meine Güte, muss das sein!“

Serge grinste, zog seine Schultern hoch und rief ihm hinterher: „Sorry, Arvil, ist mir nur so rausgerutscht!“

Zacharias war wieder zu hören, denn die Werbung war zu Ende: „Und da sind wir wieder! Ich sehe Salaniel, er ist gut aus dem Tunnel gekommen. Und ich traue meinen Augen nicht! Arvil ist ganz dicht hinter ihm. Wo ist Taifun? Den hat es wohl im Tunnel erwischt? Jetzt sind es nur noch Salaniel und Arvil, die den Zielhang hochfliegen … Was für ein spannendes Rennen!“

Die Menge schrie nur einen Namen, es war klar, wer ihr Favorit war. „Arvil, Arvil, Arvil!“, hallte es von den Rängen. Gebannt starrten sie auf die Felskante, über der gleich einer der Vögel auftauchen würde.

„Salaniel setzt an, eine schöne Flugkurve nach oben … Arvil hängt ihm an den Krallen in einer einzigartigen, ja geradezu perfekten Flughaltung. Seine Augen sind nur auf Salaniel gerichtet …“

Salaniel schaute nun dauernd nach unten und sah, wie nah Arvil ihm schon war. Er krächzte Arvil erbost zu: „Das kannst du vergessen, an mir kommst du nicht vorbei. Du wirst gleich genauso enden wie dein Vater!“

Arvil rief nur zurück: „Pass lieber auf die Felskante auf!“

In dem Augenblick hörte man Adwanagor laut rufen: „Jetzt Spirale und Klippensurfen!“

Salaniel verstand kein Wort, er sah nur, dass Arvil anfing, Spiralen zu fliegen und sein Tempo immer schneller wurde. Er wartete auf seine Chance, Arvil mit seinen Krallen zu treffen.

Da hörte man Zacharias, der sich nicht mehr halten konnte vor Begeisterung: „Sehen Sie das auch? Arvil fliegt immer schneller, er fliegt Spiralen direkt hinter Salaniel! Wenn die beiden sich noch einen Millimeter näher kommen, dann berühren sie sich und dann wird es sehr unschön enden. Aber aber aber! Was macht Arvil da? Mit vollem Tempo zieht er aus der Spirale und zwischen Salaniel und der Felswand in die Höhe! Salaniel will ihn stoppen und versucht ihn an die Wand zu drücken … Doch Arvil ist schneller und zieht an Salaniel vorbei! O nein, Salaniel kracht gegen die Felswand und bremst mit seinem Körper die Wand hoch … Uuunglaublich!“

Arvil holte aus der Spirale Tempo und schoss durch einen kleinen Spalt zwischen Salaniel und der Felswand nach oben. Salaniel versuchte, ihn an die Wand zu drücken, donnerte durch seine hohe Geschwindigkeit aber selbst an die Wand und rutschte an ihr entlang den Felshang hoch. Oben angekommen, zog er sich mit letzter Kraft über die Klippe. Dort lag er, völlig erschöpft, mit dem Bauch im Dreck.

Arvil schoss derweil über die Felskante hinaus und stieg triumphierend weit in den Himmel auf. Alle jubelten dem Sieger zu. Nach Jahren des immer gleichen unfairen Gewinners hatte dieser Falke es geschafft!

Arvil, der kleine Falke, hatte das Rennen für sich entschieden. „Arvil, Arvil, Arvil", schrien die Tiere begeistert und jubelten. Adwanagor, Aron, Serge und Malou lagen sich in den Armen. Isolda, die Mutter von Arvil, hielt sich ihre Flügel vors Gesicht und weinte vor Freude. Lamar und dem Bürgermeister stand der Schnabel auf und sie wussten nicht, wie ihnen geschah. Zacharias verkündete den verdienten Sieger: „Es ist ein Tag, den wir nicht vergessen werden, meine Damen und Herren! Der Gewinner der diesjährigen Meisterschaft heißt Arvil, der kleine Falke!"

Arvil flog noch eine Schleife und schoss dann durchs Ziel. Da hielt es niemanden mehr auf den Plätzen: Alle liefen, krochen, flatterten zur Ziellinie und feierten Arvil. Die Zuschauer warfen ihn in die Luft. Arvil war die unendliche Freude anzusehen. Adwanagor, Serge, Malou und Arvils Eltern warteten geduldig, bis die Menge ihn herunterließ. Er hüpfte zu ihnen, umarmte sie und rief: „Ohne euch hätte ich es nie geschafft!"

Aron und Isolda weinten fast. „Wir sind so stolz auf dich!", riefen sie und nahmen ihren Sohn in die Arme.

Lamar und der Bürgermeister überreichten ihm die Medaille. Der Bürgermeister lobte Arvil: „Das war das beste Manöver, das ich je in einem Flugrennen gesehen habe, kleiner Falke!“

Sein Sekretär wiederholte: „Notiere, beste … gesehen kl…“ Da wurde er durch einen Schlag auf seinen Notizblock unterbrochen. „Notiere dich weg und hol mir meinen Mantel!“, donnerte der Bürgermeister.

Lamar und der Bürgermeister verschwanden. Im Hintergrund sah man, wie Solar, Taifun, Baka und

Todo zu Salaniel liefen und ihm aufhelfen wollten. Salaniel schlug stattdessen auf sie ein und schrie aufgebracht: „Ihr seid zu nichts zu gebrauchen!“

Arvil stand glücklich strahlend vor seiner Familie und seinen Freunden: „Und was machen wir jetzt?“

Adwanagor, Serge, Malou, Aron und Isolda schmissen Arvil in die Luft und riefen lauthals: „Wir fliegen nach Paris … zur Europameisterschaft!“

Dann hörte man noch einmal Zacharias: „Meine Damen und Herren, da kommen Jacob auf der zwei und Cari auf der drei ins Ziel – das beste Ergebnis, das die beiden je erzielt haben! Wir sehen uns in … PARIS!“

DUNKEL TUNNEL
START ZIEL
ARVIL HÖHLE

WALDRENNEN
SLALOM STEG

Nachwort

Wie bin ich auf Arvil, den kleinen Falken, gekommen?

Wie jedes Kind hatte auch ich einen Traum. Ich wollte ein Fußballprofi werden. Ich spielte in Benhausen, einem Dorf in der Nähe von Paderborn, wo meine Familie auch lebte. Eines Tages, ich war 15 Jahre alt, nahm mich mein Vater zu einem Spiel der B-Jugend des SC Paderborn (damals TUS Paderborn) mit. Sie spielten gegen Schalke 04. Es war sehr beeindruckend und danach wusste ich, dass ich da auch Fußball spielen wollte. Mit der Unterstützung meiner ganzen Familie trainierte ich hart und bekam schließlich die Chance, bei meinem Lieblingsverein ein Probetraining zu machen. Ein paar Tage später kam der Anruf, auf den ich sehnsüchtig gewartet hatte. Sie nahmen mich in den Verein auf. Jedoch spielte ich erst mal ein Jahr für die zweite Mannschaft. Unter einem großartigen Trainer konnte ich meine Fähigkeiten weiterentwickeln. Dann kam die Überraschung: Ich wurde von der ersten Mannschaft eingeladen, um bei einem Spiel auszuhelfen, weil einige Spieler verletzt waren. Es war ausgerechnet wieder Schalke 04. Auf dem Platz gab ich mein Bestes und überzeugte den Trainer. Mein Traum wurde wahr. Von diesem Moment an gehörte ich zur ersten Mannschaft und blieb dort während meiner ganzen Jugendzeit.

Den Sprung in die 1. Mannschaft des SC Paderborn bei den Erwachsenen habe ich jedoch nie geschafft. Wisst ihr, ich hatte gedacht, ich sei gescheitert. Doch für mich war die Zeit eine Bereicherung für mein ganzes Leben. Ich lernte im Team zu arbeiten, sozial mit Menschen umzugehen, an mich zu glauben und für mich zu kämpfen. Das sind dann die Momente, in denen jeder für sich entscheiden muss, wie das eigene Leben weitergehen soll. Daher habe ich mich schweren Herzens entschlossen, mit dem Fußball aufzuhören und mich meinem anderen Traum zu widmen.

Ich wollte immer beim Film arbeiten und Geschichten schreiben. Diese Welt hat mich immer beeindruckt. Heute arbeite ich als Regieassistent und schreibe an verschiedenen Projekten. Ich bin besonders aufgeregt wegen meines ersten Kinderbuchs mit dem Titel „Arvil, der kleine Falke“, das dank des Maximum Verlags veröffentlicht wird. Und wenn ihr Arvils Geschichten lest, werdet ihr immer ein Stück meiner Fußballzeit miterleben. Es macht mich stolz und glücklich, dass ich meine Leidenschaft fürs Geschichtenerzählen ausleben kann. Es zeigt, dass auch nach dem Ende einer Sportkarriere neue Möglichkeiten entstehen können und Träume in anderen Bereichen wahr werden können. Ich denke gerne mit Stolz an die Zeit zurück, als ich mit und gegen Fußballer spielte, die ich dann auch in der Bundesliga wiedersehen konnte. Also gebt nie eure Träume auf und glaubt an euch.

Euer Thomas Forat

Das Buch zum Ausdrucken und Ausmalen
für Zuhause!

Einscannen,
ausdrucken
und loslegen!

Der Autor

Thomas Forat, geboren 1978 in Paderborn, ist ein Multitalent: Er ist Drehbuchautor und Regieassistent und konnte bereits an einer Vielzahl von Filmen in Kino, TV und der Werbung mitwirken. Als Maler hatte er Ausstellungen in Newquay/UK und beim Lions Club Hamburg. Die für 2020 geplanten Vernissagen in London und Hamburg mussten wegen der Corona-Pandemie auf einen späteren Zeitpunkt verschoben werden.

In der Vergangenheit hat er eine Ausbildung zum Physiotherapeuten abgeschlossen, war in seiner Jugend beim SC Paderborn Fußballer, hat Mediendokumentation studiert, arbeitete als (Tanz-)Choreograph in den Bereichen Hip-Hop, Pop und für Modenschauen. Außerdem war er einige Jahre Mitglied der Band „The Dragons".

Mit seinem Kinderbuch „ARVIL" wagt Thomas Forat den Schritt als Debütautor. Die Geschichte um den kleinen Falken mit den bunten Federn im Flugsport beruht auf Thomas Forats eigenen Erfahrungen seiner Fußballlaufbahn.

Band 2

Arvil, der kleine Falke –
Die Europameisterschaft

Preis Hardcover: 15,00 Euro

ISBN: 978-3-98679-021-9

Kann Arvil durch die Unterstützung seiner Freunde und all sein Herzblut die Europameisterschaft für sich entscheiden?

Familie oder Europameister?

Das zweite Abenteuer des kleinen Falken mit dem großen Herzen

Für Arvil und sein Team geht es zur Europameisterschaft nach Paris. Arvil macht sich große Hoffnungen auf den Sieg, muss aber schnell erkennen, dass die anderen Vögel sehr talentiert sind. Besonders gegen den ungeschlagenen Europameister Quintez, der von seinem Vater Ordum unterstützt wird und der ein hochprofessionelles Rennteam um sich hat, hat der talentierte Arvil keine Chance.

Der Druck wird immer größer und die Vergleiche zu seinem Vater, der bei der Europameisterschaft die Nerven verlor und nicht mehr auf seine Lehr- und Rekordmeister Adwanagor hörte, reißen nicht ab. Da erhält Arvil die Möglichkeit, in einem professionellen Team zu trainieren. Soll er sein altes Team für den Erfolg aufgeben?

Band 3

Arvil, der kleine Falke –
Die Weltmeisterschaft

Preis Hardcover: 15,00 Euro

ISBN: 978-3-98679-023-3

Arvil kann sich um Glück immer auf seine Familie und Freunde verlassen. Doch reicht das, um in dem größten Rennen der Welt bestehen zu können?

Die große Liebe oder Weltmeister?

Das dritte Abenteuer des kleinen Falken mit dem großen Herzen

Arvil hat es zur großen Weltmeisterschaft in Japan geschafft, doch die nächste Gefahr wartet bereits. In seinem dritten Abenteuer entdeckt Arvil nicht nur die Liebe, sondern muss sich auch seiner Vergangenheit stellen, denn alle bisherigen Gegner scheinen sich gegen Arvil verbündet zu haben.

Weitere Kinderbücher im Maximum Verlag

Angelika Hesse

Stella rollt an

Let's Roll

Preis Hardcover: 16,80 Euro

ISBN: 978-3-948346-67-6

Der Beginn der liebenswert-frechen Buchreihe rund um Stella und ihre Freunde.

Let's Roll!

Für die elfjährige Stella gibt es nichts Himmlischeres, als mit ihren Freundinnen Nelly und Lou auf Rollschuhen durch die Gegend zu sausen. Jede freie Minute verbringen die drei unzertrennlichen Rolling Angels auf der Rollschuhbahn. Blöd nur, dass es immer wieder Streit mit der Gang rund um Anführer Eric gibt. Die Jungs nerven mit ihren Inlinern und Hockeyschlägern und nennen sich ausgerechnet Skating Devils. Wie abgedreht ist das denn? Und Schönling Eric geht Stella mit seinen obercoolen Sprüchen doch schon in der Schule total auf den Stopper!

Doch dann soll zum Entsetzen aller die Rollbahn abgerissen werden. Nun rollen Angels und Devils aufeinander zu, um eine gemeinsame Rettungsaktion zu starten. Ein teuflisch guter Plan muss her!

Band 2

Angelika Hesse

Stella voll in Schwung

Show Your Energy!

Preis Hardcover: 20,00 Euro

ISBN: 978-3-948346-83-6

Im zweiten Band der Stella-Reihe wird es wild und mega-kreativ.

Band 3

Angelika Hesse

Stella auf Eis

Christmas Angels on Ice!

Preis Hardcover: 18,00 Euro

ISBN: 978-3-948346-85-0

Der dritte, winterliche Band der Stella-Reihe ist zum Dahinschmelzen schön und herzerwärmend.

BAKA
Stachelschein
TAIFUN
Elster
TODO
Stinktier